Viriato Corrêa

As belas histórias da História do Brasil

Ilustrações de Manoel Victor de Azevedo Filho

Companhia Editora Nacional

© Companhia Editora Nacional, 2009

Direção editorial Antonio Nicolau Youssef
Gerência editorial Célia de Assis
Edição Edgar Costa Silva
Assistência editorial Caline Canata Devèze
Revisão Berenice Baeder
Dora Helena Feres
Coordenação de arte Narjara Lara
Assistência de arte Marilia Vilela
Viviane Aragão
Produção editorial José Antonio Ferraz
Ilustração Manoel Victor de Azevedo Filho

Dados Internacionais de Catalogação na Publicação (CIP)
(Câmara Brasileira do Livro, SP, Brasil)

Corrêa, Viriato, 1884-1967.
As belas histórias da história do Brasil / Viriato Corrêa ; [ilustração Manoel Victor de Azevedo Filho]. -- 3. ed. -- São Paulo : Companhia Editora Nacional, 2009.

ISBN 978-85-04-01549-2

1. Literatura infanto-juvenil I. Azevedo Filho, Manoel Victor de. II. Título.

09-04712   CDD-028.5

Índices para catálogo sistemático:
1. Literatura infanto-juvenil 028.5
2. Literatura juvenil 028.5

3ª edição – São Paulo – 2009
Todos os direitos reservados

Companhia
Editora Nacional
Av. Alexandre Mackenzie, 619 – Jaguaré
São Paulo – SP – 05322-000 – Brasil – Tel.: (11) 2799-7799
www.editoranacional.com.br   www.eaprender.com.br
editoras@editoranacional.com.br

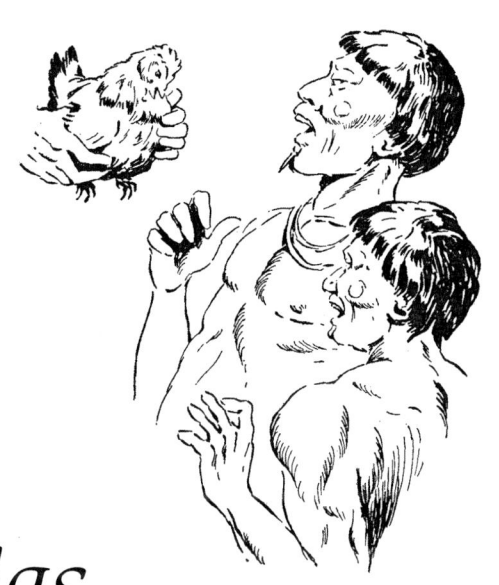

As belas histórias da História do Brasil

Sumário

A DESCOBERTA DO BRASIL
O marinheiro do quadro 7
A partida 11
Países e criaturas esquisitas 13
A nova terra 15
Os dois índios, a galinha e as campainhas 19
A primeira missa 23
A cidade dos indígenas 26
A festa de casamento 29
A segunda missa 30
A partida 33

A ÁRVORE QUE NOS DEU O NOME
A árvore do Jardim Botânico 35
A primeira riqueza brasileira 36
Fernando de Noronha 37
Como os índios eram enganados 39
Os aventureiros e os contrabandistas 40
Os navios de outrora 41
Os que batizaram o Brasil 43
Portugal é obrigado a vigiar o Brasil 44

CARAMURU
O naufrágio 47
Nas mãos dos indígenas 50
A engorda 52
A vida indígena 53
A morte de Jucá 55
Caramuru! 57
Um dia 61

O navio francês..63
Em Paris, no palácio real..64
Terra natal...66
O pajé 68
Os funerais do morubixaba 68
O novo dono da terra..70
Vida perturbada 71
O choque...72
A guerra..73
O desastre 74
O governador geral...75
Últimos dias..77

Sua Excelência, o açúcar
O mel de abelhas 79
A terra em que nasceu o primeiro pé de cana 81
Cristo não comeu nada açucarado 83
Os árabes..84
As Cruzadas 87
A Madeira, as Canárias e Colombo 88
A cana já existiria no Brasil? 90
O engenho do governador e outros engenhos de São Vicente 91
O primeiro engenho pernambucano...93
Pernambuco nadando em ouro 94
O padre Fernão Cardim 95
O mundo começava a consumir açúcar...96
A Holanda e o açúcar brasileiro..97
Os canaviais de Fernandes Vieira...98
O senhor de engenho 100
Sua excelência, o açúcar 101

Sobre o autor...103

A DESCOBERTA DO BRASIL

O marinheiro do quadro

Era domingo. E domingo claro, domingo de sol. Nós, as crianças daquela rua da Gávea, nos dias assim bonitos, corríamos sempre para brincar na Chácara.

Vocês se recordam da Chácara? É aquela bela vivenda em que vovô morava.

Vocês se recordam de vovô? É aquele velho que contou as *Curiosidades da História Brasileira*. Naquele domingo, todos nós lá estávamos ao redor do velho, a pedir que nos contasse histórias. Todos nós: a Quiquita, a menina mais adiantada da nossa escola, sempre fina e sempre ajuizada; o Neco, com o seu fungado e a sua voz fanhosa de menino que está a mudar os dentes; o Pedrinho, sempre bem-vestido e bem-educado; a Mariazinha, gorda como uma foca, e mais estabanada do que gorda; o Nhonhô, o menor de nós todos, com a sua gagueira incorrigível, e eu, com a minha incorrigível curiosidade para ouvir histórias dos tempos passados.

Quando lá chegamos, já encontramos o velho à sombra do tamarindeiro, fumando o seu cachimbo. A seus pés, o Barão – o mais fino galgo que já vi na minha vida, e sobre as suas pernas, enroscado preguiçosamente, o Damasco – o mais belo gato angorá de toda a Gávea.

– Vovô, tem alguma história para nos contar? – perguntou a Quiquita.

– Tenho. Se quiserem ouvi-la, sentem-se aí caladinhos.

Sentamo-nos.

Perto havia para nós uma bandeja de frutas: abios, mangas e goiabas. Cada um de nós se serviu de uma fruta.

Vovô apagou o cachimbo e começou.

– Eu também fui criança como vocês. E, como vocês, também fiz as minhas traquinadas. Eu tinha um mano chamado Zeca e, um dia, por causa de uma bola que ele quis me tomar, dei-lhe uma dentada no braço.

Papai zangou-se e trancou-me no quarto escuro do porão.

– É assim que papai faz comigo – confessou o Neco.

Vovô sorriu e continuou:

– O quarto escuro lá de casa não era escuro: entrava luz por uma janela gradeada, mas esta era tão alta que uma criança não podia ver o que se passava na rua.

Era lá que se guardavam as coisas velhas: quadros, livros inutilizados, móveis mancos, malas. De coisa que prestasse, só havia uma cadeira de vime, que fora do tempo de vovô.

Nela é que eu me recostava quando me punham de castigo. Defronte da cadeira, entre dois ou três quadros, havia um quadrinho que representava uma praia arborizada, um padre a dizer missa aos pés de uma grande cruz e muitos índios e muita gente ajoelhada ao redor. O quadrinho era uma reprodução de *A primeira missa no Brasil*, de Victor Meirelles.

Eu costumava olhar o tal quadro sem nenhuma atenção.

Não sei por que, naquele dia, sentado na cadeira de vime, pus-me a observá-lo com interesse.

No começo, não houve nada. Mas, cinco minutos depois, notei que o quadro tremeu.

– Ui! – exclamou a Mariazinha.
– Que foi? – perguntamos.
– O quadro tremeu; estou com medo. Vovô não teve medo de ver o quadro tremer?
– Não. Apenas franzi as sobrancelhas e fixei bem o olhar. Ele tornou a tremer. E foi tremendo, tremendo...
– Nossa! – resmungou o Nhonhô, também amedrontado.
– E o quadro não tremia apenas – disse vovô – crescia também. E foi crescendo, crescendo, crescendo...
Passei a mão pelos olhos.
Não seria ilusão?
Não, não era. O quadro crescia de verdade. E cresceu tanto, tanto, que as árvores, a cruz, o padre, toda a gente, tudo ficou do tamanho natural.
E, coisa curiosa, já não era mais pintura o que eu via.
Era praia de verdade, árvore de verdade, gente de verdade. Gente que se mexia, gente que batia com a mão no peito, gente que rezava.
Do meio dos homens ajoelhados, vi sair um rapaz vestido à marinheira.
O rapaz pulou para fora da moldura do quadro e veio caminhando para mim.
Quis levantar-me para correr. Quem disse! Parecia que eu estava grudado à cadeira.
– Não tenha medo – falou-me ele. – Não devoro crianças.
– E quem é você? – perguntei.
– De que lhe serve saber meu nome, se o amiguinho nunca me viu, se nunca ouviu falar de mim?
– E onde estava você?
– Não viu? Ali no quadro, no meio daquelas pessoas, ouvindo a missa.
– E que gente é aquela?
– A gente de Cabral – informou-me ele.
– Que Cabral? O Pedro Álvares? O que descobriu o Brasil?
– Justamente.
E espantado com as minhas perguntas:

– Você conhece o Pedro Álvares Cabral?
– De pessoa, não, mas de nome conheço muito – respondi. – Ouço o papai e a mamãe falarem dele ao mano Zeca, quando lhe ensinam a lição de História. E diga-me: o que você estava fazendo no meio da gente de Cabral?
– Eu faço parte dela – respondeu-me.
E emendando imediatamente:
– Faço não, fiz. Porque Cabral, eu, enfim todos nós que estamos naquele quadro, já não vivemos. A nossa vida foi há quatro séculos. Foi há quatro séculos que se passou isso que está representado ali, naquele quadro.
Mariazinha perguntou:
– E vovô não mudou de cor? Não ficou com medo de falar com um defunto, um homem que tinha vivido havia quatrocentos anos?
– Não. O que tive foi curiosidade, muita curiosidade. Que coisas interessantes, dos tempos antigos, aquele homem poderia me contar!
– O que é que você era nos navios do Cabral? – perguntei ao homem.
– Nada ou quase nada – confessou ele. – Apenas grumete, isto é, um simples marinheiro de graduação inferior.
Mas vi tudo, tudo que se passou nos navios e nas terras em que viajamos.
– E não se esqueceu de nada durante quatro séculos?
– De nada. Posso contar-lhe a história tim-tim por tim-tim. Tanto o que se passou em Portugal, como o que se passou aqui, por ocasião do descobrimento. Se você me prometer se comportar e não dar mais dentadas no seu mano Zeca, eu lhe conto tudo.
– Prometo.
Depois corri a buscar uma cadeira velha a um canto.
– Sente-se – convidei-o.
Ele se sentou.

A partida

Sentou-se e começou.
– Antes de mais nada, é preciso que se saiba: não era para esta terra que nós vínhamos. Naquele tempo, o Brasil não existia.
E, vendo a surpresa que se desenhou no meu rosto, explicou:
– Existia o solo, isto é, a terra. Mas as estradas, as vilas, os portos, as cidades, o povo, tal como são atualmente, não existiam.
Não me contive e perguntei:
– Que existia, então?
– Mato, só mato – disse ele. Os habitantes eram indígenas. Mas não me interrompa, deixe-me falar. Nós, como já disse, quando partimos de Portugal, não vínhamos para o Brasil. Mesmo porque, naquele tempo, ninguém sabia existirem terras para estas bandas. Íamos para as Índias, na Ásia.

Portugal, naquela época, andava muito preocupado com descobrir terras novas e ricas. O almirante Vasco da Gama havia descoberto o caminho marítimo das Índias e, como de lá voltasse contando maravilhas, D. Manuel, rei de Portugal, entusiasmou-se e resolveu mandar uma porção de navios ao país maravilhoso, para trazer riquezas.

Organizou uma frota e entregou-a ao comando do almirante Pedro Álvares Cabral.

A frota era um colosso. A maior que já se havia até então organizado: treze navios e nada menos de 1.400 homens ao todo.

Não pense você que era gentinha. Havia os joões ninguém como eu, para o serviço grosseiro de bordo, mas também muita gente ilustre.

Isso se passou no ano de 1500.

A partida, eu a conservo na memória como um dos espetáculos mais bonitos a que já assisti na minha vida.

Vá ouvindo.

É a 8 de março.

As ruas de Lisboa estão apinhadas de gente. Todo mundo quer ver os homens que vão seguir para as terras distantes e desconhecidas.

Forma-se um grupo numeroso com os capitães de navios, os marinheiros e todas as criaturas que vão seguir.

À frente vai Pedro Álvares Cabral, nosso chefe. Ao som de trombetas, o préstito segue para o palácio da Alcáçova. Vamos fazer as despedidas ao rei e à rainha. A multidão acompanha-nos gritando vivas.

Da porta do palácio, seguimos para o porto, onde os navios estão ancorados.

Um deslumbramento. Não há embarcação, por menor que seja, que não esteja embandeirada.

O cais, apinhado de gente.

Embarcamos nos navios, levantamos as âncoras e saudamos a terra. O povo delira no cais, aclamando-nos.

Descendo vagarosamente o rio, ancoramos pouco adiante, próximo de Belém. Isso porque a partida, a verdadeira partida, seria no dia seguinte.

Um pobre marinheiro, como eu, não pode ter palavras para descrever a festa que se realizou no dia seguinte. Uma beleza.

Mal amanhecia, a multidão já fervia no cais.

Haveria missa solene para nós na Capela de Restelo.

O rei veio assistir à missa.

No fim, novo grupo se formou, a caminho do porto, e este grupo, mais bonito ainda que o da véspera.

Cabral ia com a bandeira da Ordem de Cristo que o rei lhe dera na Capela. O rei, ao lado de Cabral. Iam os grandes fidalgos da corte, muitos frades carregando cruzes e muita gente.

No cais, ninguém podia se mexer. No rio, as pequenas embarcações embandeiradas andavam em volta dos navios, como se fossem formigas.

Tudo quanto era barco, tudo quanto era escaler, passava por ali, enfeitado de colchas vistosas, de panos ricos que o vento fazia tremular.

Música que não acabava mais: em cada embarcação se ouviam cantos de alegria e de saudade, sons de flautas, de gaitas, tambores, pandeiros e trombetas.

Levantamos as âncoras, abrimos as velas e os navios foram saindo rio afora, rumo ao mar.

Esquadra nenhuma havia partido de Portugal com tanto aparato. Parecia que o povo estava adivinhando que nós íamos descobrir mundos novos.

Da proa do meu navio, vi Lisboa desaparecer. Vi depois as terras portuguesas se apagarem no horizonte.

E chorei. De tristeza? De saudade? Não sei. Quando as criaturas se afastam pela primeira vez da terra em que nasceram, uma ânsia lhes aperta o coração.

Senti o meu apertado. Isso foi apenas questão de minutos, porque, quando se estendeu diante dos meus olhos a imensidade do mar, uma infinita alegria se agitou dentro de mim.

Países e criaturas esquisitas

O homem do quadro continuou a falar:
– Ainda não lhe disse, meu menino, por que me tornei marinheiro.

Pelo interesse de ver países novos, ou melhor, pela curiosidade de conhecer terras maravilhosas.

Naquele tempo, não se conhecia quase nada do mundo. O povo andava com a cabeça cheia das histórias mais extravagantes desta vida.

Tudo era misterioso, tudo era fantástico, tudo apavorava.

Contavam-se coisas de arrepiar os cabelos. Afirmava-se que ninguém podia atravessar o Oceano Atlântico de um lado a outro.

Não podia atravessá-lo porque gigantes e sereias habitavam o fundo de suas águas. Os gigantes, mal viam os navios, sopravam tempestades, punham-nos no fundo e depois comiam os tripulantes.

As sereias (que eram mulheres da cintura para cima e peixes, da cintura para baixo), essas cantavam em redor das embarcações, e o canto apaixonava de tal forma os marinheiros que eles não se

importavam mais com os barcos, e os barcos, sem governo, iam se quebrar de encontro às pedras.

Contava-se que existiam, na região chamada dos antípodas, homens que andavam de pés para cima e de cabeça para baixo. Naquela região a chuva pingava de baixo para cima e as árvores tinham as raízes para o alto e os galhos para o fundo da terra.

Toda gente afirmava que havia o país dos pigmeus, onde os homens não tinham mais de três ou quatro polegadas. Havia também o país dos gigantes, onde as criaturas eram tão altas que tocavam com a cabeça nas nuvens.

A imaginação dos homens criara muitos países esquisitos. Num deles, as criaturas tinham um só olho, e esse olho redondo, no meio da testa; noutro, os homens viviam sem cabeça, com os olhos pregados nos ombros.

Falava-se numa região, na qual cada indivíduo tinha dois sexos – mulher do lado esquerdo e homem do direito. Falava-se de outra em que os habitantes possuíam apenas uma perna; de outra, em que a cabeça e a boca dos animais estavam colocadas no peito.

E contava-se ainda de um país tão estranho que a gente não tinha língua nem orelhas, mas carregava quatro olhos e um beiço tão grande que, colocado em cima da cabeça, servia perfeitamente de guarda-sol.

Foi para ver essas coisas que eu me fiz marinheiro.

Aos outros tudo isso metia medo; mas a mim despertava a mais viva curiosidade.

A bordo, eu andava de ouvido alerta e de olhos vigilantes. Parecia escutar a todo momento o canto de alguma sereia ou o rugido de algum gigante. A todo momento eu esperava que aparecesse no horizonte alguma ilha desconhecida, de habitantes monstruosos.

Deus me dera aquela curiosidade imensa. Eu tinha de seguir o meu destino.

A nova terra

Mar e céu. Céu e mar. Céu distante, ora azul, ora negro. Mar, ali aos nossos pés, ora manso, ora zangado, ora murmurando, ora rugindo.

E isso durante mais de um mês.

Os navios cada vez mais longe de terra. Cada vez mais pelo mar adentro. Tinha-se a impressão de que se estava caminhando para o fim do mundo.

Eu pensava com os meus botões: "Os pilotos erraram a rota".

E cheguei a dizer isso a um companheiro acostumado a longas viagens. Ele explicou-me por que nos metíamos tanto pelo oceano adentro. É que nas costas da África, nas proximidades da praia, não havia bom vento para se viajar.

E assim, hora a hora, mais íamos entrando pelo mar alto.

Um dia, estava eu na amurada do navio quando vi ervas boiando sobre as águas.

Eu tinha ouvido contar que as ervas eram um dos meios de os gigantes e monstros do oceano liquidarem os navegadores. Espalhavam tal porção delas pelas águas que os navios encalhavam e não podiam navegar.

Eu queria ver países novos, povos diferentes, mas não queria ficar encalhado no meio do mar, até morrer de fome ou ser comido por um gigante.

Palavra, fiquei com medo. Fiquei com medo e chamei a atenção do companheiro que estava ao meu lado. Este chamou a atenção do mestre. O mestre chamou a atenção do comandante.

Os velhos marinheiros não tiveram medo nenhum. Conheciam de sobra aquelas ervas.

Você não imagina a alegria que naquele momento se espalhou no pessoal de bordo. É que os botelhos e os rabos-d'asno (assim se chamavam as ervas), ao aparecerem sobre as águas, anunciavam sempre terra próxima. Devíamos estar perto de terra.

Não tiramos mais os olhos do horizonte.

Mas a tarde caiu, caiu a noite e terra nenhuma surgiu diante de nós.

No outro dia (uma quarta-feira e a 22 de abril de 1500, tome nota!), mal veio raiando o sol, a marinhagem já andava pelos mastros, a ver se distinguia ao longe alguma ilha ou algum monte.

Sopravam ventos frescos. Eram mais ou menos dez horas da manhã quando as aves chamadas fura-bichos apareceram voando por cima dos navios.

Não podia mais haver dúvidas. Mais hora menos hora, teríamos terra à vista.

Eu nem quis comer. Volta e meia, lá estava de olhos arregalados no horizonte, a ver se descobria algum sinal. E já ia começando a entardecer quando o marinheiro da gávea gritou vivamente:

– Terra! Terra!

Uma explosão de alegria em todos os corações. Era um cabeço de monte que se mostrava ao longe.

Ficamos que nem loucos. Houve gente que se pôs a pular de contentamento.

Os navios agitavam bandeiras uns para os outros, em sinal de boas novas.

O sol poente dourava o céu e dourava o mar. E o monte, alto, redondo, verdejante, ia pouco a pouco surgindo aos nossos olhos: a longa linha da costa, pedaço a pedaço, foi se estendendo azulada e longínqua.

As embarcações aproximaram-se umas das outras.

Devíamos estar a seis léguas da praia.

O almirante mandou que ali mesmo deitássemos as âncoras. Como que receava avizinhar-se da costa desconhecida de uma terra que via pela primeira vez.

À noite alguém lembrou que se batizasse o monte que se erguia ao longe.

Qual o nome?

Frei Henrique de Coimbra, o chefe dos religiosos que seguiam conosco para as Índias, lembrou o apelido de Pascoal. Pascoal porque estava na época da Páscoa.

Passei a noite inquietíssimo, com desejo de pisar a nova terra.

O que eu vira à tarde e agora via, através do luar minguante, era o esboço de uma praia e, por trás da praia, o cerrado verde de uma floresta.

Mas eu adivinhava naquilo tudo uma vida diferente da que eu conhecia, uma vida cheia de novidades e de surpresas.

Ali, com certeza, devia haver habitantes.

E como seriam eles?

Anões?

Gigantes?

De uma perna só? Com a boca no lugar do peito? De quatro olhos?

Com cabeça?

Sem cabeça?

De beiço em forma de guarda-sol?

Andando de pernas para o ar?

Ah! Você não pode calcular a minha inquietação. Não dormi. A minha vontade era a de atirar-me na água e nadar, nadar até lá.

Os dois índios, a galinha e as campainhas

No dia seguinte, ao amanhecer, levantamos âncora e seguimos rumo a terra. Na frente iam os navios pequenos; atrás, os grandes.

Às dez horas da manhã, ancoramos a meia légua da costa, em frente à embocadura de um rio.

No começo, não vimos ninguém na praia, mas, algum tempo depois, apareceu um vulto; depois outro e finalmente umas oito ou dez figuras. Não lhes distinguimos as feições, a cor, os gestos, mas, pelo jeito e pelo tamanho, pareciam homens.

Lançou-se à água um escaler. Senti o coração palpitar. Quem me dera ser um dos remadores. Mas não tive sorte. Escolheram o Galego, grumete como eu.

Só à tarde o escaler voltou. Mal o Galego entrou a bordo crivei-o de perguntas. O que havia acontecido? Como era aquilo por lá? Como eram os habitantes?

O Galego narrou-me pontinho por pontinho: o escaler, em vista das grandes ondas que arrebentavam, não pôde encostar na praia, onde corriam uns dezoito ou vinte homens pardos, de arco e flecha, o corpo pintado de vermelho e preto, e nus, completamente nus.

– Nus? – perguntei eu, incrédulo, ao Galego.
– Nus como nasceram – confirmou ele.
– E quantas pernas tinham?
– Duas, como qualquer homem.
– Quantos olhos?
– Dois. Em tudo iguais a nós.
– E o beiço? Beiço como guarda-sol?
– Não, mas tinham um pau metido nele.

Um pau metido no beiço! Aquilo era, com certeza, um país estranho, um dos países maravilhosos de que eu tanto ouvira falar.

– De que tamanho era o pau que eles traziam metido no beiço? Do comprimento de um cabo de vassoura? Da altura de um mastro de navio?

Ao amanhecer de sexta-feira, como soprasse muito vento, seguimos para o norte, beirando a costa, à procura de um ancoradouro.

Só à tarde encontramos uma baía e fundeamos à entrada.

O piloto Afonso Lopes meteu-se num escaler a percorrer a baía e, à tardinha, quando voltou, trazia dois índios apanhados numa canoa.

Quis o almirante – quando eu falo em almirante refiro-me a Pedro Álvares Cabral, o nosso chefe – que se recebessem os dois índios com toda a solenidade.

Mandou que se reunissem os comandantes, os fidalgos, os grandes homens da frota. Mandou que se enfeitasse a sala do seu navio com tapetes e colchas vistosas. Mandou que se acendessem velas e tochas compridas.

Vestiu-se ricamente, pôs no pescoço um grosso cordão de ouro, sentou-se numa cadeira alta, mandou que nos sentássemos no chão e ordenou que se fizessem entrar os índios.

Quando eles, assustados, penetraram na sala, o meu primeiro cuidado foi reparar-lhes o beiço. Tinham um pau atravessado, sim!

Mas não era um pau como eu imaginava – do tamanho de um cabo de vassoura ou de um mastro de embarcação. Eram batoques de madeira, mais ou menos semelhantes aos batoques de barris, que eles, por enfeite e por elegância, encaixavam num grande buraco feito no lábio inferior e nas orelhas.

E ambos nus, nuzinhos como criança de peito e sem o menor acanhamento de estarem assim diante de tanta gente. No mais, homens como qualquer de nós, fortes, sadios, bem conformados.

Quando eles entraram, supusemos que corressem a prestar homenagem ao almirante. Qual o quê! Nem caso!

Parece que nem perceberam que ali estava o chefe.

Só depois de muito tempo, depois de olharem demoradamente a sala, é que fixaram os olhos nele.

Nele, não: no cordão de ouro que trazia ao pescoço.

E puseram-se então a falar uma língua que não entendíamos. Ao que parece estavam a pedir o cordão.

O almirante mandou trazer um papagaio pardo que havia a bordo. Os índios puseram a ave no dedo e acenaram para terra, como a dizer que em terra existiam papagaios como aquele.

Mostraram aos índios um carneiro. Não fizeram caso do carneiro.

Não lhe conto nada. O interessante, o engraçado, foi quando um marinheiro lhes apresentou uma galinha.

Mal botaram os olhos nela, os índios deram berros e recuaram trêmulos, assustados. Quem disse que quiseram pôr a mão em cima do animal? Cada vez que o marinheiro se aproximava com a ave, eles pulavam para trás, aos gritos, como diante de uma fera.

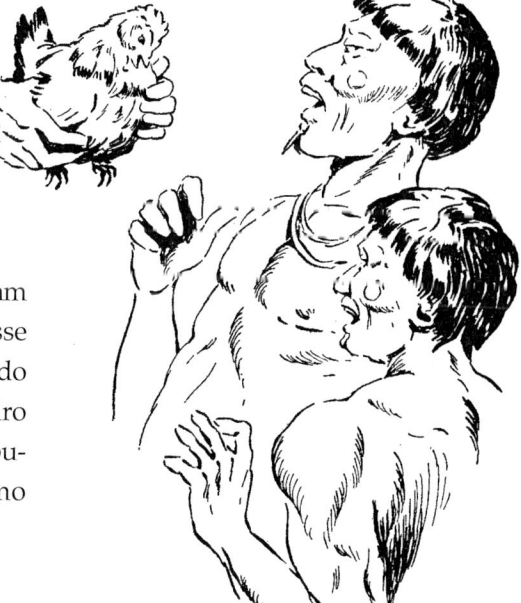

O almirante ofereceu-lhes comida: peixe cozido, pão, bolos de amêndoas, confeitos, mel e figos secos. Os índios provaram e fizeram cara de nojo.

Trouxeram-lhes uma taça de vinho. Mal tomaram o primeiro bocado, cuspiram-no fora.

Veio água. Não quiseram bebê-la. Apenas lavaram a boca, como se os figos, os bolos, os confeitos e o vinho de que se serviram nada mais fossem do que porcarias.

Deu-se de presente a cada um uma camisa nova, uma carapuça vermelha, um rosário de contas de osso, um guizo e uma campainha.

Ah! Nunca vi alegria igual! Aquelas coisas eram para eles a maior riqueza do mundo. E não se cansaram de mirar, de cheirar, de alisar a carapuça. Doidice maior tiveram com a campainha e com o guizo. Verdadeiras crianças quando recebem um brinquedo novo.

Ao amanhecer, os navios entraram na baía. O ancoradouro, lá dentro, não podia ser mais tranquilo. E tanta e tanta confiança ele nos inspirou que lhe demos, no mesmo dia, o apelido de Porto Seguro.

Arreamos os escaleres para ir buscar água fresca em terra e para lá deixar os dois índios.

Eu ardia de curiosidade. Agora, sim, eu ia ver de perto a vida dos habitantes daquele país desconhecido.

Conosco ia também Afonso Ribeiro.

Esse Afonso Ribeiro era um excelente rapaz que, por perseguição de inimigos, tinha sido em Portugal apontado como criminoso e, por isso, condenado a viver em degredo num lugar qualquer da Índia.

O almirante incumbiu-o de fazer amizade com os selvagens. Se fosse feliz, não seria mais considerado criminoso e ficaria naquele país com toda a liberdade, a viver com aquela gente.

Quando os escaleres se aproximavam da praia, ela se encheu de homens armados de arcos e flechas. Uns duzentos pelo menos. Tivemos medo de que nos atacassem, mas os índios que iam conosco fizeram-lhes sinais e eles nos receberam pacificamente.

Mal encostamos em terra, os dois selvagens, agora vestidos com as camisas novas e de carapuça à cabeça, saltaram dos escaleres, saíram em disparada na direção de um rio que ali desaguava e sumiram-se. Quando voltaram, vinham sem camisa, sem carapuça, nus como dantes.

No começo os indígenas andavam desconfiados, sem se chegarem a nós. Mas, depois que os comandantes Bartolomeu Dias e Nicolau Coelho lhes deram pulseiras, guizos e carapuças, vieram pouco a pouco para o nosso meio e acabaram por nos ajudar a encher e a carregar os barris de água fresca.

Pude, aí, examiná-los cuidadosamente. Todos tinham as sobrancelhas e as pestanas raspadas, as orelhas e os beiços furados e batoques metidos nos buracos.

As mulheres, não: nem orelhas nem lábios furados. Como enfeite, traziam apenas o longo cabelo solto pela cintura e o corpo pintado de preto e de vermelho, como o de alguns homens. Mas aquilo não me satisfazia. Eu queria conhecer aquela gente na intimidade.

Na beira da praia, por mais que procurasse, não vi casa nenhuma. Aqueles homens deviam ter casa. Decerto não moravam debaixo de árvores, como os animais.

Deviam ter a sua cidade. E como seria ela? Tinha ruas, carruagens, lojas, palácios? E como seriam as lojas, os palácios, as ruas, as carruagens?

Ah! Eu havia de ver tudo!

A primeira missa

Ali, na vizinhança do ancoradouro, não longe da praia, aparecia uma pequenina ilha sem árvores, coberta de areia.

No dia seguinte, que era domingo (domingo, 26 de abril, tome nota!), no meio da ilha armou-se um toldo e, debaixo do toldo, um altar.

Veio toda a gente de bordo. Os índios, ao verem todo aquele povão ali reunido, ficaram na praia olhando-nos em silêncio.

No altar, frei Henrique de Coimbra rezou missa, a primeira missa no Brasil.

Já sei o que você quer me perguntar: se essa missa dita na pequena ilha é a mesma que o quadro de Victor Meirelles representa.

Não.

Essa, que está aí no quadro de onde eu saí, não é a primeira, é a segunda, da qual mais tarde falarei. Embora todos a conheçam como primeira, é a segunda.

Mas continuemos.

Após a missa, sentamo-nos na areia e frei Henrique de Coimbra recitou um sermão muito bonito. Depois, diante dos índios, fizemos ao longo da praia uma passeata de escaleres e fomos, em seguida, para bordo almoçar.

À tarde voltamos a terra. Veio o almirante, vieram todos os grandes da armada.

A praia encheu-se de indígenas. Encheu-se tanto que parecia um dia de festa. Não entendíamos a língua deles nem eles a nossa, mas, por meio de gestos, conversávamos.

Havia, no meio da multidão, um velho que, no buraco do lábio, em vez de batoque de madeira, tinha uma pedra verde.

O que se passou entre o velho e o almirante foi divertido.

Cabral pediu-lhe que tirasse a pedra para poder examiná-la. Ele tirou-a. Tirou-a, mas quis, por amabilidade, metê-la na boca do almirante. Este fugia com o corpo e ele insistindo, insistindo. Nós, de parte, gozando. O almirante ralhou, ralhou, mas o velho não o entendia. Só a muito custo se livrou do índio.

Uma tarde cheia, aquela. Num canto da praia os índios dançaram.

Na esquadra, comandando um dos navios pequenos, seguia um homem chamado Diogo, marinheiro de muitas viagens e irmão de Bartolomeu Dias, que, como você sabe, foi um dos maiores navegadores de Portugal.

Diogo Dias era uma criatura engraçadíssima. Para contar histórias não havia melhor. Para tocar guitarra[1] ou gaita não havia igual. E sabia dançar. E sabia cantar. E sabia saltar. Dava saltos nos ares como qualquer saltador de circo.

---

1 Instrumento parecido com o bandolim, com seis pares de cordas.

Ninguém podia ficar sério perto dele, quando fazia suas brincadeiras.

Eu procurava conversar com o velho que quisera meter a pedra verde na boca do almirante, quando ouvi grandes gargalhadas e gritos de contentamento para as bandas da embocadura do rio que ali perto corria.

Disparei para lá.

Era Diogo Dias, entre os indígenas, fazendo das suas.

Nunca vi tanta pirueta assim. Ele saltava de frente, saltava de costas, dava voltas no ar, botava as mãos no chão e corria de pernas para cima.

Depois pegava a gaita e tocava, tocava guitarra e dançava e cantava sapateando.

Os indígenas riam de se engasgar. E em menos de dez minutos estavam todos camaradas dele. Tão camaradas que com ele se puseram a dançar.

Mais tarde, percebi que toda a gente se encaminhava para determinado ponto da praia. Encaminhei-me também.

Era o comandante Bartolomeu Dias, que havia acabado de pescar um tubarão.

E que bruto tubarão!

O bicho estendia-se na areia, mexendo-se, ainda com o anzol fisgado na bocarra de muitas centenas de dentes.

À hora em que nos íamos recolher a bordo, Afonso Ribeiro chegou do fundo da floresta.

Por ordem do almirante, ele tinha ido dormir no lugar em que moravam os índios. Estes o trataram delicadamente, fizeram-lhe agrados, deram-lhe presentes, mas não consentiram que lá dormisse e vieram trazê-lo à praia.

O almirante ordenou que, no dia seguinte, Afonso Ribeiro novamente voltasse e lá, de novo, tentasse dormir. Nessa noite pedi ao mestre do meu navio que me permitisse acompanhar Afonso Ribeiro.

A cidade dos indígenas

Quando amanheceu, Afonso Ribeiro e eu seguimos para o lugar onde os índios moravam. Eu estava ansioso. Parecia que eu ia ver a coisa mais bonita deste mundo.

A cidade dos indígenas ficava a meia légua da praia.

Você talvez esteja pensando que eu lá encontraria ruas, calçadas, lindas casas, escolas, jardins, teatros, iluminação, água encanada, automóveis e cinemas.

Não encontrei nada disso, porque naquele tempo não havia cinema, automóveis etc. Chamar de cidade o lugar onde os índios moram é maneira de falar. Cidade são milhares e milhares de pessoas, morando em milhares de casas, e essas casas construídas em muitas e muitas ruas.

Em cidade indígena, as pessoas não passam de poucas centenas. As casas não são mais que três ou seis. E ruas não existem.

O que existe é um grande terreiro cercado de paus pontudos. Dentro dele, duas, três ou cinco palhoças de cinquenta metros de comprimento. As palhoças não têm interiormente divisão alguma – um único salão com muitos esteios e, nos esteios, uma porção de redes armadas.

Em cada salão dormem cinquenta, sessenta, cem pessoas, dentre homens, mulheres e crianças, como se fossem todos da mesma família.

O chefe da taba, a cidade dos índios, tem o título de morubixaba. É sempre o índio mais forte, mais valente na guerra, mais afamado pelas suas vitórias guerreiras. Não há quem deixe de cumprir as suas ordens. Dorme no centro da palhoça cercado por suas mulheres. Por suas mulheres, sim, porque ele, por ser o maioral, pode se casar com quantas mulheres quiser.

Foi o morubixaba que veio nos receber no terreiro da praça. E recebeu-nos como se recebem amigos.

Levou-nos para dentro de uma das palhoças (eles dão às palhoças o nome de ocas) e ofereceu-nos a sua própria rede, pois é assim que fazem quando querem distinguir um visitante.

Em seguida, as mulheres nos trouxeram comidas: mel, aipim, caças, frutas; depois uns vinhos picantes, que não me desceram na garganta.

Você está supondo que as mulheres nos serviam em pratos e que foi com talher que levamos a comida à boca?

Enganou-se. Garfo, faca e colher são instrumentos que os índios não conheciam. Os seus pratos são cuias e largas folhas de árvores.

Acabada a refeição, o morubixaba acendeu o seu cachimbo, tirou umas fumaças e entregou-o a Afonso Ribeiro e a mim para que fumássemos também. Oferecer o seu próprio cachimbo para que alguém o fume é a maior prova de gentileza que um índio pode dar ao seu hóspede.

É com festas que eles recebem os visitantes amigos. O morubixaba trouxe-nos para fora da palhoça, a fim de assistirmos às danças em nossa honra.

Quando chegamos ao terreiro, tudo já estava preparado para a festa. De um lado, as mulheres sentadas; do outro, os tocadores de maracás e tambores. Ao centro, os dançadores, formando roda.

A um sinal do chefe, rompeu a música – um batuque que me esquentou o sangue.

Os dançadores moveram-se, todos batendo ao mesmo tempo os pés no chão, tudo igual, tudo certinho e cantado. Dançou-se por muitas horas.

Ao cair da tarde, o morubixaba encheu-nos de presentes: cuias lindamente pintadas, arcos, flechas, araras, papagaios e tangas de plumas de aves. E mandou-nos deixá-los à beira da praia.

Não nos permitiu dormir na sua cidade.

Não havia povo mais unido. Numa taba, tudo que existia pertencia a todos. Fulano ou cicrano não dizia "sou dono disto, sou dono daquilo". O dono era a população inteira da cidade. Quando um bebia, todos bebiam; quando um comia, comiam todos.

E que ordem e que paz! Não se brigava, não se intrigava, não se procurava rebaixar o companheiro.

O morubixaba não tinha nada que fazer, porque a coisa mais rara numa taba era uma discórdia ou uma briga.

O povo vivia como irmãos que se querem bem. Os filhos respeitavam os pais; os irmãos mais moços prestavam obediência aos irmãos mais velhos.

A idade tinha para eles uma importância imensa. Os velhos mereciam um respeito religioso. Quanto mais velha uma criatura, mais obedecida e mais respeitada se tornava.

A festa de casamento

No dia seguinte, quando Afonso Ribeiro e eu voltamos à taba, tivemos a mesma recepção delicada do dia anterior.

É outra virtude indígena a virtude da hospitalidade.

Um índio não indaga quem é o hóspede e de onde ele vem.

Se o hóspede lhe conta a sua história, ouve-a: se não conta, deixa-o partir depois de carregá-lo de presentes.

Meu interesse em ir, naquele dia, à cidade dos índios, era para assistir a um casamento.

Não julgue que o casamento dos indígenas se faz na igreja e pelo padre ou juiz.

Também não lhe passe pela cabeça que a moça se vista de branco e ponha na cabeça uma grinalda.

O índio não tem igrejas, nem juiz, nem padre, nem carruagens, nem grinaldas, nem vestidos.

Mas nem por isso deixam de ser interessantes os seus casamentos.

Quem ia casar era a filha mais nova do morubixaba. Acontecia, porém, que eram dois os rapazes que pretendiam a mão da moça.

Naquele dia ia se decidir qual dos dois seria o esposo da rapariga.

Quando chegamos, todo o povo já estava reunido na praça, em frente às ocas.

A noiva, com o corpo pintado de vermelho e enfeitada de penas multicores, estava ao centro da praça, entre mulheres. No chão, dois grandes troncos de árvores.

O morubixaba saiu da palhoça com os seus enfeites vistosos.

Silêncio completo.

Veio até o meio do terreiro e sacudiu o seu maracá. Depois chamou pelos nomes os dois pretendentes à mão de sua filha.

Eram dois rapazes bem novos, benfeitos, de musculatura rija.

O chefe disse-lhes qualquer coisa que eu não entendi e depois agitou novamente o maracá.

Nesse momento, cada um deles apanhou do chão um dos troncos de árvore e colocou-o no ombro.

O morubixaba soltou um grito.

Os dois rapazes partiram a correr pelo descampado. E correram, correram, correram. Cinco minutos, dez, quinze.

Finalmente, um deles deixou o tronco cair dos ombros e atirou-se ao chão extenuado, resfolegando. O outro continuou a correr.

O povo rompeu em gritos que me pareceram ser de aplausos. O vencedor veio correndo e depositou o tronco da árvore aos pés da moça. Pronto! Estavam casados.

Depois houve cantos, danças, vinhos.

A segunda missa

Na terça-feira, 28 de abril, os carpinteiros de bordo vieram a terra armados de serrotes, machados, enxós, martelos e cordas.

A princípio, pensei que viessem fazer lenha. Mas o serviço de lenha não era dos carpinteiros, e sim nosso, dos grumetes.

Meteram-se na mata que ficava ali mesmo junto da praia. Segui-os. O carpinteiro mestre escolheu a mais alta e a mais reta das árvores e mandou pô-la abaixo.

Em poucos minutos, percebi o que iam fazer: uma cruz, uma grande cruz de alguns metros de altura. Dizia-se que, diante dela, ia se rezar outra missa, e essa na véspera da nossa partida para as Índias.

Na quinta-feira cortávamos lenha junto do rio, cercados pelos índios, que nos ajudavam com a maior amizade, quando desembarcaram o almirante e as figuras principais da frota.

Foram ver a cruz, já dentro da mata, encostada ao tronco de uma grande árvore.

Acompanhamos o grupo. Os indígenas nos acompanharam também.

Frei Henrique de Coimbra seguia na frente com os outros frades. Ao chegar junto à cruz, ajoelhou-se e beijou-a. Todos nós, desde o almirante ao último dos grumetes, o imitamos.

Cabral fez sinal aos selvagens para que se ajoelhassem e também beijassem a cruz. Risonhamente, obedeceram; ouvi bem as palavras que frei Henrique pronunciou vendo-os ajoelhados:

— Essa gente será, no futuro, uma bela colheita de Deus!

Pelo resto da tarde, dançamos, cantamos e brincamos com os índios.

Festa encantadora foi no dia seguinte. Logo que amanheceu, seguimos para terra. Não ficou quase ninguém a bordo. Na frente ia o almirante com aquela bandeira que o rei lhe dera em Portugal.

Em terra, formamos um cortejo de mais de mil pessoas: seguíamos o almirante, que era seguido pelos frades. Depois dos frades, vinham os fidalgos, as altas autoridades, os comandantes e pilotos.

Atrás de todos eles, a marinhagem.

Seguimos rumo à cruz.

Íamos fincá-la no lugar que o almirante escolhera para frei Henrique rezar nova missa.

Uma beleza o transporte da cruz, da primeira cruz que se levantou na terra brasileira.

Carregamos a cruz nos ombros, pela beira do rio e ao longo da praia, em procissão. Os frades vinham cantando, e nós cantávamos como eles.

Depois, fincamos a cruz no chão. Armou-se o altar junto dela.

Parecia que os habitantes da terra descoberta haviam sido avisados da festa. Tinha-se a impressão de que todas as tabas da floresta próxima estavam ali para assistir à missa.

E começou a missa.

Os índios chegaram perto de nós, curiosos, imitando-nos.

Se nós nos levantávamos, ele se levantavam; se dobrávamos os joelhos, ajoelhavam-se. Um deles, já velho, corria ao encontro dos companheiros que andavam por trás das moitas, falava-lhes e trazia-os para o nosso meio.

É essa a missa que está pintada naquele quadro. É a segunda. A primeira, como já contei, foi feita numa pequenina ilha de areia, debaixo de um toldo. Não havia a grande cruz de madeira, nem árvores em redor, como se vê no quadro de Victor Meirelles.

Para falar com franqueza, eu quase não pude ouvir a missa. Plantou-se junto de mim um índio de mais ou menos uns oito anos, um garoto levado da breca, que queria por força me meter uma palhinha no buraco do nariz. Mudei de lugar. Presenciei, então, um fato que me mostrou o quanto os índios têm pontaria certeira e como sabem manejar admiravelmente o arco e a flecha.

A missa estava no meio, quando uma linda garça apontou lá no alto do céu. Um indígena deitou-se no chão, levantou as pernas, retesou o arco com os pés, marcou a ave e deixou a flecha partir para os ares. Ferida no peito, a garça rolou pesadamente sobre a relva.

Terminada a missa, frei Henrique fez uma pregação tão bonita que fiquei de lágrimas nos olhos. Falou da terra descoberta, da formosura da sua natureza, da inocência de seus filhos. Que os braços daquela cruz ali plantada servissem para sempre de amparo aos que viviam e aos que fossem viver debaixo daquele céu.

Depois do sermão distribuíram-se pequenas cruzes de estanho aos indígenas.

Um dia cheio.

À tarde, fizemos festa na praia.

Quem tinha guitarra trouxe guitarra; quem tinha gaita trouxe gaita; quem tinha o seu pandeiro ou o seu tambor veio tocá-los em terra.

O comandante Diogo Dias pintou o sete. Deu novos saltos, novas piruetas e tocou e dançou e cantou. Que prazer sentiram os índios!

Era um gozo vê-los rir. Para mostrar que também eram alegres e brincalhões, tiravam o batoque do beiço e, pelo buraco, botavam de fora um pedaço de língua. Que engraçado!

A partida

Foi à tarde que mais brincamos.

Era a nossa despedida, porque, no outro dia, pela manhã, continuaríamos a viagem para as Índias. Para que hei de mentir? Não tive alegria ao saber que íamos deixar a bela terra que o acaso nos fez achar.

Para o meu espírito curioso, não havia nada que não fosse interessante.

Eu gostaria de ficar ali por muito tempo e, quem sabe, por toda a vida!

O Galego aproximou-se de mim, contando-me a última novidade. O almirante acabava de decidir que o criminoso João de Tomar, que seguia degredado para a Ásia, não seguiria viagem; ficaria aqui em companhia de Afonso Ribeiro.

– E eles dois estão profundamente tristes – acrescentou-me o Galego. – Tristes porque julgam ser uma grande infelicidade ficar sozinhos neste deserto, com os índios. – E depois de soltar um muxoxo: – Bobos! Deve até ser uma alegria viver numa terra tão bonita!

Olhei o Galego com surpresa. Ah! Ele também pensava como eu!

Senti as mãos geladas.

Senti o coração bater.

Foi tudo obra de um segundo.

Não resisti e perguntei:

– Galego, se alguém te convidasse para fugir de bordo, a fim de ficar nesta terra, você fugiria?

– Era só encontrar um companheiro decidido.

Bati no peito:

– Pois cá está o companheiro, eu.

– Vamos nos esconder no mato.

À hora em que a marinhagem voltou para bordo, ninguém nos encontrou.

No dia seguinte, pela manhã, a frota partiu.

Do alto de um morro, vimos seus navios abrirem as velas, afastarem-se e sumirem.

A história do Brasil fala em dois grumetes que ficaram em terra, fugidos. Sabe quem são os dois grumetes? O Galego e eu.

Vovô ficou calado alguns segundos. Depois continuou:

– Nesse momento vi que o marinheiro se afastava de mim e caminhava em direção à parede. Entrou no quadro e meteu-se entre os homens que estavam ajoelhados atrás do padre que dizia missa.

E o quadro foi diminuindo, diminuindo, diminuindo...

Esfreguei os olhos e depois os abri. O quadro pendia da parede, pequenino como era.

Acordei.

Sim, acordei.

Porque o que eu tive foi um sonho.

A Mariazinha deu um pulo do banco:

– Quem me dera ter um sonho tão bonito!

A ÁRVORE QUE NOS DEU O NOME

A árvore do Jardim Botânico

– Que árvore é aquela, vovó? – perguntei.
– Qual?
– Aquela bonita e cheia de espinhos – disse eu, esticando o indicador.
– É o pau-brasil.
Estávamos no Jardim Botânico. Vovô nos havia levado ali, a passeio, para nos mostrar as grandes e belas árvores brasileiras.
– Pau-brasil? – indagou a Quiquita, um tanto surpreendida. – É a primeira vez que eu vejo o pau-brasil.
– Eu também! – disse Mariazinha.
– Eu também – disseram sucessivamente o Nhonhô, o Pedrinho e o Neco.
Aproximamo-nos. Era uma árvore de folhas miúdas, copada, tronco da grossura de uma coxa, com dezesseis ou dezoito metros de altura.
Foi com um certo respeito que ficamos a olhar a árvore.
O Pedrinho exclamou:
– Nós, brasileiros, ainda não tínhamos visto o pau-brasil!
E voltando-se para o velho:

— Por que não se encontra esta árvore por aí, plantada nos jardins e nos parques?
— Porque é rara.
— E por que é rara?
— Porque a extraíram.
— E por que a extraíram?
— Para ganhar dinheiro – explicou o velho. – O pau-brasil foi, logo após o descobrimento de nosso país, a mercadoria brasileira que mais se vendia na Europa.

De Cabo Frio ao Cabo de São Roque, as florestas próximas da costa tinham pau-brasil em abundância.

Os europeus aqui chegavam doidos para ganhar dinheiro. E, como o que dava dinheiro era o pau-brasil, eles se atiravam a cortar a bela árvore sem dó nem piedade. Ninguém cuidava de replantá-la.

E o resultado é esse que aí está: o ibirapitanga (era assim que os índios nomearam a árvore) desapareceu.

E fazendo que nós nos sentássemos nos bancos próximos:
— Uma das coisas mais raras atualmente, em nossa terra, é se encontrar um exemplar da árvore que deu nome à nossa terra.

A primeira riqueza brasileira

Pedrinho mostrou a sua curiosidade:
— E foi com o descobrimento do nosso país que o mundo ficou conhecendo o pau-brasil?
— Não. Antes, muito antes, já a madeira era conhecida. Desde o século XIII, mais ou menos, a Europa recebia pau-brasil da Ásia.

Pedrinho insistiu:
— E para que a Europa mandava buscar a madeira tão longe?
— Você não sabe, Pedrinho? – disse a Mariazinha, remexendo-se no banco. – Era para tingir panos.
— Para tingir panos e outras coisas – repetiu vovô.

O pau-brasil é uma madeira vermelha, cor de brasa (por isso o nome de brasil), que serve para fazer tintas.

Antigamente, a cor vermelha era a cor mais apreciada. Toda a gente a considerava a cor fidalga. Vermelho era o manto dos reis. Vermelha era a vestimenta dos cardeais.

O vermelho do pau-brasil era um vermelho brilhante. As tinturarias, então, compravam a madeira por bom dinheiro.

Aí está por que os europeus que aqui chegavam iam pondo abaixo os belos troncos da árvore que deu nome ao nosso país.

O pau-brasil foi, na verdade, a primeira riqueza encontrada na terra brasileira pelos descobridores. Foi realmente a primeira riqueza brasileira levada para a Europa.

No dia em que a frota de Cabral deixou o Brasil, para seguir viagem para as Índias, um dos navios partiu para Portugal, a fim de levar a D. Manuel a notícia da terra que acabava de ser descoberta. Esse navio levou vários troncos de pau-brasil para mostrá-los ao rei.

Fernando de Noronha

Vovô continuou a falar:

– A notícia de que a nova terra descoberta possuía a bela madeira vermelha produziu sensação em Portugal.

Haveria muita? Haveria pouca? Não se sabia.

No ano seguinte, o de 1501, o governo português enviou uma expedição para conhecer melhor a região que Cabral apenas tinha visto ligeiramente. Essa expedição voltou a Lisboa com um carregamento de pau-brasil e com a notícia de que a preciosa madeira existia em abundância nas matas da nova terra.

O rei de Portugal, aquele D. Manuel que vocês já conhecem, cuidou de aproveitar a nova riqueza.

Naquele tempo, havia em Portugal um homem ativo, que gostava muito de ganhar dinheiro. Esse homem chamava-se Fernando de Noronha.

– Há uma ilha no Brasil com esse nome – observou o Neco.
– Essa ilha foi descoberta por ele – declarou vovô.
E continuou a contar:
– Fernando de Noronha, além de grande negociante, era proprietário de muitos navios.
Os negociantes têm sempre o faro dos negócios, isto é, sabem onde é que está o dinheiro que querem ganhar.
Logo que Fernando de Noronha teve notícia de que em Vera Cruz (esse foi o nome que Cabral dera ao nosso país) havia grande quantidade de pau-brasil, viu que, com ele, podia ganhar muito dinheiro.
E não perdeu tempo. Chegou à presença do rei e disse:
– Majestade, eu desejo arrendar a nova terra que Cabral descobriu. Quero explorar o pau-brasil que lá existe abundantemente.
– Está bem – disse o monarca.
E arrendou-lhe o Brasil.
O Pedrinho tinha uma ruga na testa:
– Vovô falou em arrendamento. O Brasil foi arrendado a Fernando de Noronha?
– Arrendado, sim! – insistiu o velho. Arrendado, como se arrenda uma chácara ou uma fazenda.
Naquele tempo, a terra que Cabral descobrira não era nada para Portugal. Nada mais que uma paragem longínqua, da qual nem ao menos se conhecia o tamanho. Nem ao menos se sabia se era ilha ou continente. Podia, portanto, ser arrendada como se arrenda uma propriedade qualquer de que pessoalmente não se tem tempo de cuidar.
No ano de 1502, já o nosso país estava entregue a Fernando de Noronha.
Fernando de Noronha era homem que gostava de dirigir pessoalmente os seus negócios. Quando podia, metia-se num dos seus navios e vinha até aqui.
Foi numa dessas viagens, talvez na primeira, que ele descobriu, nas costas pernambucanas, a ilha, ou melhor, o arquipélago que levou seu nome.
– Foi ele quem batizou a ilha? – indaguei.

– Não. Antes de ter o nome de Fernando de Noronha, chamava-se Quaresma, depois São Lourenço e São João.

Só depois que o rei de Portugal a doou ao rico explorador de pau-brasil é que ela recebeu o nome que hoje tem.

Como os índios eram enganados

Uma juruti voou a trinta ou quarenta passos de nós, pousando numa árvore. Ficamos um instante distraídos em vê-la.

Vovô, depois de alguns segundos, continuou a narrativa.

– Fernando de Noronha, naquele mesmo ano de 1502, começou a trazer os seus navios às nossas costas, para os carregar de pau de tinta, que era como também se chamava o pau-brasil.

A despesa que Noronha fazia era pequena: apenas a viagem e pouco mais. Quase nada ele pagava: a madeira não lhe custava um vintém e nem um vintém dava aos homens que iam cortá-la na mata.

– Como assim? – estranhou a Mariazinha.

– Os homens que cortavam a madeira na mata e da mata a transportavam para os navios – explicou o narrador – eram índios, e os índios desconheciam a importância dessa madeira. Conheciam apenas as suas próprias aldeias e as aldeias vizinhas, nas quais viviam também índios como eles.

Para os índios tudo era novidade. Uma carapuça vermelha, um espelho, um tambor, uma campainha, uma chita ramalhuda, um pião de metal, enfim, qualquer objeto, desses objetos que são ninharias, para eles tinham um valor incrível.

Por um espelho, por uma campainha, por uma carapuça vermelha, um índio era capaz de dar tudo o que possuía.

Fernando de Noronha e os seus ajudantes (os outros europeus faziam o mesmo) expunham à beira da praia grande quantidade de objetos vistosos que na verdade não valiam quase nada. Os índios ficavam de boca aberta diante dos objetos. Um queria um prato azul com figurinhas vermelhas.

– Vá buscar cem toras de pau-brasil que ganhará o prato – dizia o europeu.

Outro queria uma carapuça vermelha, com um enorme pompom branco.

– Traga duzentas toras de pau-brasil.

O chefe da tribo estava louco para possuir um jogo de três campainhas que retiniam maravilhosamente.

– Ah! Para isso é preciso pau-brasil que chegue para carregar dois navios.

Os índios não resistiam. Corriam ao mato e traziam o pau-brasil que lhes exigiam.

Os aventureiros e os contrabandistas

Vovô calou-se, acendeu o cachimbo e falou novamente:

– A notícia de que no nosso país havia grande abundância de pau-brasil não se espalhou somente em Portugal, mas na Europa inteira. E os aventureiros, os traficantes, os contrabandistas, os piratas de toda a Europa correram imediatamente à costa brasileira para carregar a preciosa madeira.

A costa era muito grande. Nem Fernando de Noronha nem Portugal podiam impedir que gente estrangeira viesse negociar com os indígenas. Quem é que ia lá ver um navio francês, holandês, espanhol ou italiano, a encher os seus porões, à beira de uma praia, no fundo de uma baía?

E não se sabe o número de navios que naquele tempo longínquo vieram carregar pau-brasil de nossas terras. Sabe-se que foram muitos.

As tinturarias da Europa continuavam a pagar bem a madeira que tão belamente tingia os panos. Pagavam tão bem que valia a pena atravessar o oceano, apesar das dificuldades, dos incômodos e dos riscos da travessia.

Quiquita teve um tom de estranheza na voz:

– E, para vir da Europa até aqui, as pessoas sofriam incômodos, dificuldades e riscos?

– Sim. A viagem era horrível! – respondeu vovô.
– Por quê?
– Por causa dos navios. Vocês não podem imaginar como era desagradável uma viagem naquele tempo!

Os navios de outrora

Nós, que estamos acostumados a ver os navios de hoje, prosseguiu o velho, não podemos compreender os pequeninos barcos de vela de antigamente.

Hoje, um grande navio tem 150 a 200 metros de comprimento. Outrora, uma embarcação considerada colossal não tinha mais de 30 a 35 metros.

E foi em barcos assim, parecendo verdadeiros brinquedos de criança, que Colombo atravessou o Atlântico para chegar à América; que Vasco da Gama encontrou o caminho para as Índias; que Cabral chegou ao Brasil; que Fernão de Magalhães conheceu o estreito que liga o Atlântico ao Pacífico.

Atualmente, um navio é uma casa de luxo, um verdadeiro palácio. Os camarotes são do tamanho de quartos, amplos, com excelente cama, excelente mobiliário, excelente banheira.

Há salões de baile, de conversa, de música para a gente se divertir. Há câmaras frigoríficas, para conservar os alimentos. E, como há alimentos conservados, a mesa pode ser e é farta e variada todos os dias.

E antigamente? Ah! Meus meninos! Antigamente, nos navios, só o comandante e um ou outro oficial de bordo dormiam em camarotes. E que camarotes! Pequeninos, apertados, incômodos. Parecia mais um buraco do que qualquer outra coisa. O resto da tripulação dormia no convés ao ar livre, quer fosse noite estrelada, quer fosse noite de chuva.

E a alimentação? Horrorosa! Nada mais que peixe salgado, carne salgada, bolacha mofada e tudo isso mais ou menos apodrecido. De frutas, nada! De verduras, nada, absolutamente nada!

– Meu Deus! – exclamou a Mariazinha com uma careta. – Eu mesma não viajaria assim.

– A alimentação usada nos navios de outrora não tinha vitaminas e, por não ter vitaminas, produzia várias moléstias. Uma delas era o escorbuto, moléstia terrível, que mata as criaturas depois de lhes fazer cair os dentes.

Às vezes, a bolacha, a carne e o peixe ficavam inteiramente apodrecidos e ninguém podia comê-los. Havia então fome a bordo. E fome para a qual não se tinha remédio.

– E por que os tripulantes não pescavam? – disse Nhonhô. – Há sempre peixes no mar.

– Há – retorquiu o velho. – Mas nem sempre se pode pescar. No momento em que sopram as tempestades não há quem consiga pegar um peixe. Quando a fome apertava, comia-se tudo: os ratos que se escondiam nos porões, as gaivotas, que voavam em redor dos navios, todo animal que aparecesse. E até sola.

– Até sola? – exclamamos todos ao mesmo tempo.

– Sim! – respondeu ele. – Nos mastros dos navios há uma pequena parte que é de sola. Punha-se a sola a ferver longamente e depois a comiam. Fazia-se o mesmo com os sapatos, as bolsas, ou qualquer outro objeto de couro.

– Que horror! – exclamou a Mariazinha com as suas caretas.

Vovô sorria e continuava:

– E a água de bordo? Um perigo!

Do começo ao fim da viagem, ela era guardada em pipas e barris. Oito, dez dias depois, a água estava grossa, viscosa, esverdinhada, cheia de bichos e com um gosto horrível. Só muita sede, muita e muita sede fazia as pessoas beberem daquela água.

As viagens duravam dois, três, cinco, seis meses, ou mais. Quando os navios chegavam ao porto de destino, havia morrido a terça parte da tripulação e mais da metade dela não prestava para nada. Não prestava para nada porque a água suja, a alimentação escassa, imprópria e apodrecida, a falta de conforto, a falta de medicina tinham acabado com ela.

Os que batizaram o Brasil

Vovô tirou do bolso um pacote de balas, deu várias delas a cada um de nós e continuou:

– Para viajar, naquele tempo, era preciso ter muita coragem e muita saúde.

Atualmente, viajar é um prazer. Outrora, era arriscado.

Os mares viviam cheios de velas. Os navios iam para a África, para a Ásia, para a Oceania e para a América, cheios de gente ambiciosa, que pouco se incomodava com as tempestades, com a fome, com a sede e até mesmo com a morte. Gente que tinha uma única intenção: enriquecer. E foi essa gente que deu ao nosso país o nome de Brasil.

– Essa gente? – falou o Nhonhô.

– Sim. O comércio do pau-brasil, feito por Fernando de Noronha e pelos traficantes e contrabandistas que aqui vinham, tornou-se vivo na Europa. Chamaram-se logo "brasileiros" os homens que vendiam o pau-brasil.

A Europa começou a falar da terra em que havia o brasil, da terra que fornecia brasil às tinturarias.

Quando Portugal abriu os olhos, as denominações Ilha de Vera Cruz e Terra de Santa Cruz haviam desaparecido. O nome que existia era o de Brasil.

Foram os contrabandistas, os traficantes e os piratas que fizeram Portugal atentar para o Brasil.

– Será possível? – disse o Pedrinho, surpreendido.

Vovô explicou:

– Para Portugal, naqueles tempos, o Brasil pouco valia. O que valia era a Índia, com muito ouro, pedras preciosas e especiarias, a Índia de que ele se apossara depois da viagem de Vasco da Gama.

Ocupado com as riquezas da Índia, Portugal não tinha tempo de cuidar do Brasil. Então, outros países se aproveitaram da situação. Piratas e contrabandistas corriam às nossas praias e carregavam o pau--brasil que podiam.

A costa brasileira é imensa. Como fiscalizá-la? Nesta ou naquela baía, nesta ou naquela enseada, encontrava-se sempre um, dois navios ancorados, carregando pau-brasil ou quaisquer outras mercadorias que pudessem ser vendidas na Europa, tais como papagaios, macacos, peles de animais, pássaros e plantas medicinais.

Portugal é obrigado a vigiar o Brasil

O país que mais enviava contrabandistas e traficantes ao Brasil era a França. Portugal reclamava, protestava, mandava os seus navios atacarem os navios franceses, mas era tudo inútil.

Houve um momento em que o Brasil parecia mais francês do que pertencente a Portugal. Os franceses carregavam maior porção do nosso pau-brasil do que os próprios portugueses, que se diziam donos da terra.

É que os franceses tinham um jeito especial de lidar com os índios. Os portugueses, além de duros e ásperos, tratavam os índios como escravos. Os franceses, hábeis, procuravam tratá-los com agrados. Os índios, então, preferiam trabalhar para os franceses.

Dia a dia as coisas pioravam. Ou Portugal resolvia vigiar o Brasil ou o Brasil acabava nas mãos da França.

Foi então que o governo português começou a nos mandar as primeiras expedições. A mais importante delas foi aquela comandada por Martim Afonso de Sousa, em 1530.

Martim Afonso se estabeleceu em São Vicente, na terra paulista, e mandava os seus navios percorrerem a costa brasileira para impedir que os estrangeiros carregassem as nossas riquezas.

O velho calou-se.

– E Fernando de Noronha ganhou muito dinheiro com o pau-brasil? – perguntei.

– Muito. Ele contribuía anualmente para o governo de Portugal, durante o seu contrato, com uma quantia respeitável.

Durante muitos e muitos anos, o pau-brasil deu grande renda ao governo português; renda que foi diminuindo à proporção que as florestas iam sendo destruídas.

Até 1823, ainda exportávamos a preciosa madeira, embora em pequena quantidade. Depois desapareceu de tal maneira que, no Brasil, uma das coisas mais difíceis era ver um exemplar da árvore que deu nome ao país.

Vovô ergueu-se:

– Vamos caminhando – convidou-nos.

Levantamo-nos.

O Pedrinho disse que tinha uma pergunta a fazer.

– Faça-a – respondeu o velho.

– Como é que as tinturarias atualmente se arrumam para fabricar a tinta vermelha, se não mais existe o pau-brasil? Mandam buscar a madeira na Ásia?!

Vovô parou:

– Respondamos por partes a sua pergunta – disse. – Em primeiro lugar, não era só com o pau-brasil que se fabricavam tintas vermelhas para tingir panos. Havia outras madeiras, outros meios. Em segundo lugar, as tinturarias, atualmente, não têm mais necessidade de pau-brasil para a fabricação de tinta vermelha.

O Pedrinho perguntou cheio de curiosidade:

– Por quê?

– Porque hoje existem os produtos químicos, existem as anilinas. Depois da descoberta das anilinas, desapareceu a utilidade do pau-brasil. As anilinas, além de mais baratas, tingem melhor.

– Então o pau-brasil não serve para mais nada? – quis saber o Nhonhô.

– Serve – afirmou vovô. – Serve para construções.

Estávamos perto da árvore que havia provocado toda aquela conversa.

E o velho, com o braço estendido, disse:

– A árvore é bela, e o nome que ela tem é o mesmo belo nome que tem o nosso país.

CARAMURU

O naufrágio

Todas as tardes, quando eu acabava de estudar, o meu grande prazer era ir à Chácara. Àquela hora vovô estava na biblioteca, lendo. Vovô me deixava à vontade. Eu mexia nos livros, tirava-os das estantes e, se havia imagens, ficava ali revendo-as.

Um dia, numa das estantes, encontrei um rolo de papel amarelado pelo tempo e escrito com uma letra que o tempo foi apagando. E, como eu mexesse no rolo, vovô me advertiu:

– Cuidado com isso. O que está aí é uma história que se passou há 400 anos, aqui no Brasil. Isso é a cópia de um velho manuscrito que o meu bisavô comprou quando era moço.

Ao ouvir falar em história de 400 e tantos anos, fiquei inquieto de curiosidade. Contei o caso à Quiquita, ao Neco, ao Pedrinho, à Mariazinha e ao Nhonhô.

Uma tarde, dissemos a vovô que queríamos ler o manuscrito.

– Não, não – repetiu ele. – Além de a letra do manuscrito ser quase ilegível, vocês não terão o cuidado suficiente com ele. Eu o lerei para vocês.

Sentou-se e leu o seguinte:
Era em 1510.
Eu tinha 22 anos.

Não havia, com certeza, em Portugal, rapaz mais afoito do que eu. A província em que nasci parecia-me pequena. Meu desejo era ver mundos, era percorrer a imensidão do universo.

E, um dia, eu disse a mim mesmo:

– Diogo, se você tem tanto desejo de viajar, viaje; siga a sua sina!

E toquei para Lisboa, a ver se me metia num navio que me levasse por esse mundo afora.

Naquele tempo, em Portugal, só se falava em viagens. Vasco da Gama havia encontrado o caminho para as Índias; Pedro Álvares Cabral havia chegado ao Brasil.

Pelo Brasil, ninguém se interessava, mas, pelas Índias, desde o rei até o mais rude camponês estavam todos enfeitiçados. Não se falava senão nas riquezas das Índias, no ouro e nas pedras preciosas que existiam por lá.

Logo que cheguei a Lisboa, tive notícia de que um navio ia partir para as Índias.

Pouco me importava o destino. O que eu queria era ver novas terras.

E embarquei.

Durante muitos dias, a viagem correu tranquila e alegre. Mas, uma tarde, o céu empreteceu e a tempestade rugiu no mar.

Esperávamos que, na manhã seguinte, os ventos serenassem e no céu brilhasse a cor azul, tão agradável para quem viaja. Os ventos não serenaram. E, durante as duas longas semanas em que as ondas sacudiram raivosamente o nosso pobre barco, não vimos a cor azul do céu.

A vida de bordo era um verdadeiro inferno. Já não se dormia, já não se comia, já não se tinha força para resistir ao temporal. O navio era uma casquinha de noz que o mar atirava para onde queria.

Um dia, percebemos que nos aproximávamos de terra, terra que ignorávamos qual fosse, pois nem mais sabíamos por onde viajávamos.

A proximidade de terra, para quem vem de longa viagem, é sempre e sempre agradável. Mas, para nós, ia ser uma desgraça. Impelido pela tempestade, cada vez mais forte, o nosso pobre navio iria decerto espatifar-se de encontro à praia ou de encontro a algum rochedo. E nós todos morreríamos.

E o desastre foi tal como imaginávamos. O barco bateu nas pedras, naufragando. Era junto da embocadura do rio que depois se chamou Vermelho, perto do lugar onde hoje se ergue Salvador, a capital da Bahia.

Meti o peito na água e nadei como um doido para a terra.

Consegui, felizmente, alcançar a praia. A trezentos passos de distância havia uma gruta, onde as ondas bravias não chegavam. Eu estava mais morto do que vivo e recolhi-me à gruta para repousar.

Não sei se foi sono ou desmaio, o certo é que, por muito tempo, não percebi o que se passou.

Nas mãos dos indígenas

Quando acordei, o mar e o vento tinham acalmado. Mas a praia estava cheia de gente estranha, feroz, que gritava, armada de cacetes, de arcos e flechas.

Tive desejos de sair da gruta, mas o aspecto terrível daqueles homens, os seus berros me assustaram.

Oh! Deus! O que meus olhos viam agora! Os meus companheiros de bordo, que tinham nadado para a praia, na esperança de salvação, eram mortos a pau por aquela gente desconhecida.

Vi o comandante cair ensanguentado a um golpe que um homem nu lhe deu no alto da cabeça. Vi estrebuchar no chão, ferido por uma flecha, o mestre do navio. Vi cair dois marinheiros e um frade.

O pavor me fez ficar encolhido no fundo da gruta, sem uma palavra, batendo o queixo.

E, apanhando do chão os corpos dos náufragos, os selvagens, em gritaria, saíram a correr rumo a uma ladeira.

A praia esvaziou-se. Anoiteceu e fiquei a noite inteira no meu esconderijo, sem coragem de botar a cabeça de fora.

Era de manhã cedinho quando acordei, ouvindo vozes perto da gruta. Eram vozes frescas, vozes musicais de mulher.

Procurei me encolher ainda mais. Inútil: uma meninota deu com os olhos em mim e gritou.

Um grupo de moças indígenas cercou-me repentinamente. Eram oito ou dez, nuas, o corpo enfeitado de penas multicores, cabelo solto pelos ombros, e todas bonitas.

Uma delas, a que as outras chamavam Paraguaçu, além de formosa tinha uns ares distintos de princesa. Ela se achegou a mim sorrindo e me disse palavras que eu não entendi, mas que me pareciam amáveis.

Em menos de cinco minutos, a praia se encheu de homens, os mesmos homens terríveis que, na véspera, eu tinha visto matar meus companheiros.

Fizeram-me subir a ladeira.

Era lá em cima a taba ou aldeia, ou melhor, a cidade dos índios. Nada mais que um imenso cercado e, dentro do cercado, seis enormes palhoças.

Quando cheguei lá em cima, mulheres, velhos e crianças correram para me ver, como se eu fosse um ser do outro mundo.

Foram chamar o cacique ou morubixaba, que é uma espécie de rei daquele povo. Era um velho forte, de ar respeitável. Chamava-se Taparica. Aproximou-se de mim, apalpou-me o tronco e teve uma visível expressão de desagrado.

Os longos sofrimentos da viagem, a tempestade que só terminou com o naufrágio do navio, as noites sem dormir e a fome tinham me emagrecido de modo tal que se viam meus ossos na pele.

Compreendi perfeitamente a expressão de desagrado do morubixaba. O que ele dizia era que eu estava muito magro para ser comido.

Eu não sabia uma palavra da língua daquela gente, mas percebia tudo o que se passava: iam me engordar para depois me devorar.

E o cacique entregou-me a um grupo de moças para que elas cuidassem da minha engorda.

A engorda

Os indígenas não comem carne magra e cansada.

Quando apanham um prisioneiro que está fatigado ou emagrecido, põem-no a repousar e a engordar, como se faz com galinhas e leitões.

São as mulheres que se encarregam desse serviço. O prisioneiro tem obrigação de comer a todo o momento que lhe oferecem comida.

E as mulheres não o deixam sossegado um instante. Agora é um pedaço de aipim, daí a dez minutos um pouco de mel de abelha, mais tarde um bocado de carne ou de peixe, ou qualquer outro alimento. É comer para criar banha, como os porcos.

Engordar, para depois ser devorado! Vi, naquele mesmo dia, um lindo moço, que estava sendo engordado para ser comido. Chamava-se Jucá e era da tribo dos tupiniquins, inimiga dos tupinambás, a tribo que me aprisionara.

Os tupinambás acabavam de voltar de uma grande guerra com os tupiniquins. Os prisioneiros feitos nos combates já tinham sido devorados. Restava apenas Jucá, que, por magreza, não sofrera morte imediata.

No entanto, a engorda de Jucá estava terminada. Naqueles dois ou três dias, ele iria morrer. Já as velhas da taba preparavam os vinhos para a festa da sua morte.

Eu teria a mesma sorte de Jucá.

As raparigas encarregadas de cuidar da minha engorda eram cinco. E todas lindas.

Duas delas de uma formosura surpreendente. Uma, aquela de nome Paraguaçu, de ares distintos, que me sorriu quando fui surpreendido dentro da gruta, na praia. Paraguaçu era filha do morubixaba Taparica, portanto, uma das princesas da tribo.

A outra se chamava Moema. Uma criatura doce, terna, com uns olhos que pareciam molhados de mel.

Logo no primeiro dia, verifiquei que as moças não me tratariam mal. Todas me olhavam como se já me quisessem bem.

Mas as duas, Moema e Paraguaçu, não tiravam os olhos de mim e falavam-me com uma doçura carinhosa.

A vida indígena

Na primeira noite entre os índios, senti uma doida confusão na cabeça.

Naquelas seis palhoças que formavam a taba, a vida parecia um inferno. As palhoças não tinham divisão; cada uma delas compunha-se de um salão só, grande, enorme, e, nesse salão, todo um mobiliário estranho – balaios, esteiras, samburás, cuias, arcos, flechas... E nos caibros, umas junto das outras, as redes, uma quantidade assombrosa de redes armadas.

E aqui, ali, acolá, fogueiras, muitas fogueiras, para espantar os mosquitos e os espíritos diabólicos.

Uma balbúrdia. Uns conversam, outros davam risadas, outros choravam, outros cantavam, outros trabalhavam.

Mas, poucos dias depois, eu estava acostumado a tudo. Estava acostumado porque, na verdade, a vida entre os indígenas não era tão ruim como eu imaginava.

São indígenas, sim, mas possuem certas virtudes que nós, os europeus, não possuímos. Uma delas é a de fraternidade, ou melhor, a da união das criaturas.

Numa taba, os índios vivem como uma só família. O que é de um é de todos. Quando um grupo come, sente prazer que outras pessoas tomem parte na sua mesa.

Não há roubos, não há assassinatos. A harmonia é completa. Ninguém briga, ninguém provoca barulho. Vivem todos em paz, como nós não conseguimos viver.

Há brigas, combates, guerras, quase todos os dias, mas nunca na mesma aldeia, nunca entre os homens da mesma tribo. As lutas e as guerras são com outras nações indígenas.

Na cidade dos índios a ordem é rigorosa. Quem manda é o morubixaba, que é o chefe, ou melhor, que é o rei.

O morubixaba é sempre o guerreiro mais forte, o mais valente, o mais respeitado, o de maior fama nos combates. O que ele diz é sagrado; quando ordena, todo o mundo obedece.

Tudo está perfeitamente organizado numa tribo: os homens cuidam da guerra, das roças, das caçadas, das pescarias, das construções das casas; as mulheres fabricam a farinha e as bebidas, cozinham, cuidam das crianças e carregam os fardos.

O que mais estranhei, nos meus primeiros dias de vida entre os tupinambás, foi a comida. Tudo diferente do que eu estava acostumado a comer em Portugal.

Os índios não usam o pão. E, como não conhecem a vaca, o carneiro, a cabra, a galinha, só se alimentam de peixes e caças.

Não têm um só animal que lhes forneça leite. Não comem ovos, para não matarem a ave antes de chocada.

O pão dos selvagens é a farinha de mandioca ou aipim, ou de milho. A alimentação é quase sempre a mesma: carne de caça, peixe, mel de abelha e frutas – caju, jabuticaba, ananás, coco etc.

Mas tudo que eu comia tinha um sabor especial. Um sabor especial porque me era trazido pelas mãos das lindas moças encarregadas da minha engorda. E era com tanto carinho que elas me ofereciam os petiscos indígenas que eu, em pouco tempo, comecei a achá-los mais gostosos que os melhores pratos de minha terra.

Principalmente quando quem me servia era Paraguaçu ou Moema.

Essas duas raparigas não saíam de perto de mim, sorrindo-me, olhando-me. E olhavam-me com uns olhos tão bons e sorriam-me com um sorriso tão amoroso que era capaz de jurar que elas estavam apaixonadas por mim.

A morte de Jucá

Fazia cinco dias que eu estava entre os tupinambás, quando se deu a morte de Jucá.

Uma verdadeira festa. É sempre com uma grande festa que os índios matam os seus inimigos e os seus prisioneiros de guerra.

Desde a minha chegada já se faziam os preparativos para o suplício do prisioneiro tupiniquim: os velhos indígenas fabricavam grandes vasilhas de cauim, o vinho dos índios.

Já na véspera se sentia uma alegria assanhada em toda a taba.

É a manhã do dia terrível. Vou ver Jucá. Está tranquilo, risonho, como se não fosse aquele o seu último dia de vida.

O indígena, de qualquer que seja a tribo, não se humilha diante do inimigo e não se acovarda diante da morte.

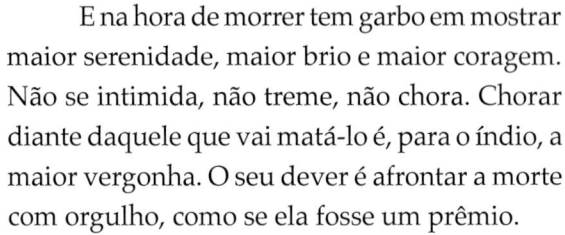

E na hora de morrer tem garbo em mostrar maior serenidade, maior brio e maior coragem. Não se intimida, não treme, não chora. Chorar diante daquele que vai matá-lo é, para o índio, a maior vergonha. O seu dever é afrontar a morte com orgulho, como se ela fosse um prêmio.

Começa a cerimônia.

Jucá está amarrado a uma estaca.

Aponta ao longe uma multidão de homens. Atrás deles, um bando de velhas.

Os homens vêm dançar em volta do prisioneiro. E, dançando, começam a insultá-lo, e ao mesmo tempo elogiam o jovem guerreiro que o aprisionou em combate.

Jucá olha-os, a princípio, com desprezo. E depois, cheio de orgulho, responde-lhes falando das suas façanhas guerreiras e das façanhas guerreiras da tribo de seus pais.

O guerreiro que o venceu está recolhido, como que de luto, e só aparecerá quando os seus amigos e parentes forem buscá-lo na sua rede para matar o prisioneiro. Finalmente, vão buscá-lo.

Lá vem ele aclamado.

No corpo traz os seus enfeites mais vistosos.

Chega perto de Jucá, empunhando dois grandes tacapes, daqueles a que os índios dão o nome de tangapema. Entrega um dos tacapes ao vencido e diz-lhe:

– Defenda-se, que eu vou matá-lo!

– Vai matar-me porque estou amarrado! – responde Jucá arrogantemente. – Se quer ver como o vencerei no primeiro golpe, solte-me!

O vencedor não se move. Jucá olha-o por cima dos ombros:

– Bem sei que você não me soltará. Mas não importa. Amanhã a minha tribo vingará a minha morte. Amanhã, um tupiniquim descarregará a tangapema na sua cabeça. Amanhã os tupiniquins arrasarão as tabas tupinambás.

Morto o prisioneiro, começa o festim. Danças e cantos o dia inteiro e pela noite adentro.

Assisti ao sacrifício de Jucá do começo ao fim. Um dia negro. A todo instante, vinha-me ao pensamento a lembrança de que aquilo que com ele acontecera era o que ia me acontecer mais tarde, quando o pai de Paraguaçu achasse que eu já estava gordo.

Caramuru!

As jovens índias, encarregadas de minha engorda, continuavam carinhosamente a empanturrar-me de alimentos.

E eu começava a criar carnes.

Engordava a olhos vistos.

Como que para me distrair, as moças conduziam-me a passear na praia. Metiam-me numas pequenas embarcações denominadas pirogas e, quando o mar estava manso, levavam-me até a barra do rio junto do qual o meu navio naufragara.

Uma tarde (não sei quantos dias após o naufrágio), andava com Paraguaçu pela praia quando vi, rolados na areia, quatro barris de pólvora, dos que trazíamos a bordo. A tempestade os atirara para ali. Apanhei-os e fiz secar a pólvora ao sol.

Para que isso, se eu não tinha uma espingarda, um mosquete, um arcabuz, ou qualquer outra arma de fogo? Não sei. Sei que alguma coisa me dizia que eu guardasse aquela pólvora.

E, para resguardá-la do vento e da chuva, abriguei os barris na gruta em que eu estivera escondido por ocasião do naufrágio.

Os dias foram passando.

A taba começava a preparar-se para a minha morte. A essa altura, já percebia alguma coisa da língua daquele povo e agora ouvia e entendia o que se falava.

Uma velha palpou-me gulosamente o braço, lambeu os beiços e disse algo para outra velha. Entendi tudo. A mulher dizia que a minha carne devia ser saborosíssima.

Certo dia, começou o fabrico de cauim. O meu desespero cresceu. O cauim era para ser bebido na festa da minha morte.

E não me chamem de medroso, que não é brincadeira saber que se está prestes a morrer, que em breve vai ser devorado, como se fosse um cabrito, um leitão ou um peru.

O consolo que eu tinha, o único, eram os olhos de Moema e de Paraguaçu, o dia inteiro cravados carinhosamente em mim.

Chegou a véspera do dia em que iam me matar.

As aldeias vizinhas tinham sido convidadas para saborear a minha carne. Carne branca, naqueles tempos em que se ia descobrindo o Brasil, era pitéu apreciado, a mais fina iguaria que os índios podiam ter à mesa.

Creio que, para distrair-me das tristezas que vinham tornando-me silencioso, as minhas engordadoras levaram-me a um passeio de piroga até a boca do rio Vermelho.

O mar estava liso. A canoa então pôde navegar tranquilamente por entre os recifes que ficavam fronteiros à embocadura do rio, justamente aqueles recifes nos quais o navio se despedaçara.

E... oh! Céus! Numa das pedras, que foi que encontrei? Uma espingarda, uma legítima espingarda, das muitas que trazíamos a bordo.

Apanhei-a. Perfeita. Apenas com um pouco de ferrugem e molhada.

Limpei-a o melhor possível, coloquei-a ao sol, e, quando voltamos para terra, já estava enxuta.

Ao passar pela gruta em que eu guardava os barris de pólvora, uma voz misteriosa me soprou aos ouvidos:

– Carregue a espingarda.

Carreguei-a.

E ao lado de Paraguaçu e de Moema subi a ladeira que levava à aldeia.

A ocara, que é a praça da taba, estava apinhada de gente. Iam chegando os índios das aldeias amigas, que tinham sido convidados para, no dia seguinte, saborear a minha carne.

Para dizer a verdade, sinto-me todo arrepiado ao contar o fato. Ainda hoje meu coração bate fortemente quando recordo a cena.

Foi assim. Logo que fui chegando à ocara, os hóspedes, que me comeriam, cravaram os olhos em mim, como a antegozar o sabor de minha carne.

Nesse momento, passava nos ares um gavião. A voz misteriosa me soprou aos ouvidos: – Atire!

Levei a espingarda ao rosto e fiz a pontaria para o gavião.

Pum! O tiro estrondou.

A ave tombou no chão.

Mas, no momento exato do estampido do tiro, ouvi um grito horrendo, como se fosse dado por centenas de bocas. E foram mesmo centenas de bocas que gritaram. Foi toda a aldeia, assustada, aterrorizada.

Era a primeira vez que um tiro estrondava naqueles ares, a primeira vez que os ouvidos daquela gente ouviam o estampido de uma arma de fogo.

E, quando tirei os olhos da mira da espingarda, toda a aldeia, homens, mulheres, crianças, estavam caídos em terra, os olhos esbugalhados, tremendo, gritando:

– Caramuru! Caramuru! Caramuru!

E todos levantavam as mãos para mim, como a me pedir misericórdia.

Era o inesperado, era o milagre. Caramuru queria dizer homem do fogo ou filho do trovão.

Para aqueles selvagens, eu, de um instante para outro, com aquele tiro, tomara a feição de um ser sobrenatural, de um ser poderoso, de um deus.

Todos vinham cair aos meus pés, pedindo que os poupasse.

Imediatamente minha situação mudou. Eu que, na manhã seguinte, ia miseravelmente morrer às mãos daquela gente, tinha-a agora a meus pés, desde a mais medrosa e trêmula criança, até o morubixaba que mandava em todos.

Um dia...

O que se passou daí por diante é surpreendente.

Tornei-me a figura maior da aldeia, da tribo, das aldeias e das tribos vizinhas.

Os índios consideravam-me um deus. Para eles, o ser mais poderoso do universo era Tupã, deus ao mesmo tempo bom e vingativo, que fazia as manhãs bonitas, o vento fresco, o céu azul, mas que também desencadeava as tempestades, o trovão e o raio.

Meu poder não era menor que o poder de Tupã. Com um estouro igual ao do trovão, eu fazia cair morto um pássaro que voava no céu.

A autoridade do pai de Paraguaçu e a autoridade dos outros chefes das aldeias amigas cessaram diante de mim.

Passei a ser o chefe dos chefes.

Paraguaçu foi dada a mim como esposa. Mas nem por isso Moema se afastou de mim. Vivia ao meu lado, com os doces olhos fixos nos meus, como se eu fosse todo o seu sonho de amor.

Na taba nada se fazia sem que me ouvissem primeiro.

A minha fama espalhou-se da beira do mar ao fundo das florestas.

Um dia, o pai de Paraguaçu convidou-me para acompanhar a tribo num combate que travaria com os tupiniquins, seus velhos inimigos.

Fui.

E quando, no momento mais aceso da luta, eu disparei um tiro de espingarda num chefe tupiniquim que queria me matar com uma flechada, o terror que se espalhou na tribo oposta foi tão grande que todos fugiram gritando e o campo de combate ficou vazio.

Daí por diante só o meu nome bastava para assustar os selvagens.

Mas, apesar de todo o imenso poder que eu tinha entre os índios, apesar do amor da linda Paraguaçu, da adoração dos olhos de Moema, não me sentia satisfeito.

Uma saudade infinita roía meu coração, a saudade de minha terra. Eu já estava cansado de viver nos matos, longe do mundo, sem saber o que se passava nele.

E sonhava todos os dias em voltar a Portugal.

Impossível. O Brasil era uma terra que acabava de ser descoberta e a qual ninguém vigiava. Nas costas brasileiras, naquele tempo, os navios só chegavam por acaso, como o meu, perseguidos pelos temporais.

O meu sonho não se realizaria.

Passaram-se anos e, dia a dia, eu ia entristecendo, minado por aquele desejo de voltar à Europa.

E um dia...

O navio francês

Um dia, ia eu descendo a praia, sozinho, quando ao longe, no mar, avistei uma velinha branca. Meu coração pulou dentro do peito. Era um navio.

E por muito tempo fiquei na praia a olhar. Anoiteceu e a vela desapareceu.

Na manhã seguinte, acordei muito cedo, para ver o que era feito da vela branca que eu avistara na véspera. Olhei do alto da ladeira da taba e nada descobri no horizonte. Certamente, o navio passara ao longe e fora embora.

Desanimado, desci à praia.

E... oh! Surpresa maravilhosa! A duas milhas, talvez, numa pequena enseada de costa, o que é que meus olhos viam? Um navio.

Todo o meu corpo se arrepiou; fiquei de cabelo em pé; meu coração parecia querer saltar do peito para fora.

Havia na praia uma piroga. Remei em direção ao barco distante.

Era um navio de piratas franceses, que andavam traficando com os indígenas. Vinha do sul com carregamento de pau-brasil. Entrara ali já carregado, para um ligeiro conserto no casco.

Quando cheguei a bordo, a tripulação já terminara o conserto e o barco ia partir.

O comandante consentiu em me levar.

A embarcação ia levantando a âncora quando ouvimos, ao longe, uma voz que gritava. Corri ao tombadilho. Um vulto movia-se no mar, nadando, nadando, nadando.

Era Paraguaçu. Rompia as águas verdes da baía em largas e ansiosas braçadas, em nossa direção.

Nesse momento, senti remorso por tê-la abandonado e foi arrependido que, minutos depois, lhe estendi a mão para que ela entrasse no navio. E ela entrou chorosa, atirando-se doidamente nos meus braços.

O comandante, embora pirata, era um homem generoso e consentiu que ela me acompanhasse.

O barco abriu as velas para viajar.
Um outro vulto apontou nas águas tranquilas, nadando.
Distingui-o perfeitamente. Era Moema.
Como Paraguaçu, tinha ela também percebido a minha fuga e, como Paraguaçu, metera também o peito na água para vir atirar-se nos meus braços.
Mas a desgraça esperava-a ali, diante dos meus olhos. Sim, foi diante dos meus olhos que se deu o desastre.
Faltava pouco, muito pouco para que Moema alcançasse o navio.
Mas os seus braços não tinham o vigor dos braços de Paraguaçu.
No momento em que ela ia dar uma das últimas braçadas, faltaram-lhe as forças e o seu corpo mergulhou.
Vi tudo, tudo. Vi-a desaparecer para sempre nas águas, a cabeça envolvida numa grinalda branca de espumas.

Em Paris, no palácio real

Dois meses depois, chegávamos à França e desembarcávamos no porto de Saint-Malo.
Até aquele momento, a França não tinha visto um só dos habitantes da nova parte do mundo. E a ideia que o povo fazia de um selvagem era extravagante. Pensava-se que o índio era um ser diferente de nós, uma mistura de gente com bicho do mato.
A figura de Paraguaçu causou uma impressão violenta.
Quando, em Saint-Malo, se soube que chegara ao porto uma selvagem do outro lado do Atlântico, a cidade inteira correu ao cais! E que espanto! O que todo mundo esperava era uma figura monstruosa e Paraguaçu era linda.
O espanto maior foi em Paris.
Paraguaçu causou tão forte impressão em Saint-Malo que as autoridades nos enviaram a Paris, para que o rei e a corte nos vissem.

Ao pisarmos a capital francesa, as ruas se encheram. O povo vinha nos ver de perto, curiosamente, como se fôssemos animais do outro mundo.

Triunfo e triunfo estrondoso, estivemos no palácio real. Francisco I, que era o rei, recebeu-nos como se recebem os grandes personagens.

Foi num dos salões do palácio. Os nobres da corte estavam ali para nos ver. As fidalgas não tiravam os olhos surpreendidos da minha esposa tupinambá. Olhos surpreendidos, sim! Porque Paraguaçu, além de formosa de rosto, tinha, como as moças indígenas do Brasil, um corpo admirável, como, talvez, nenhuma daquelas fidalgas ali reunidas.

Quando comuniquei ao rei que minha mulher, sendo filha de um morubixaba ou rei de tribo, era, no seu país, considerada de sangue real, senti que o interesse e os cuidados por ela aumentaram. As grandes damas da corte começaram a tratá-la como se trata uma princesa.

Ao terminar a nossa apresentação aos monarcas, um dos fidalgos do paço disse-me que Francisco I fazia muito gosto em que Paraguaçu fosse batizada por um padre católico e que casássemos pelas leis da Igreja.

Concordei. Eu era católico e desejava aquilo.

A festa do batismo e do casamento realizou-se uma semana depois, no palácio real. Estavam presentes a corte, o rei e a rainha. Toda a nobreza francesa, que se encontrava em Paris, assistiu às cerimônias.

Quem nos casou e quem batizou minha mulher foi um bispo. Tanto no batizado, como no casamento, tivemos por padrinhos os monarcas.

Nunca me pareceu tão linda a linda Paraguaçu. Agora vestia sedas e rendas a minha doce princesa tupinambá. É que o seu enxoval, rico como de qualquer dama da corte, tinha sido oferecido pelas fidalgas do palácio do rei.

Terra natal

Não há saudade que mais inquiete do que a da terra natal.

Uma semana depois da festa do casamento e do batizado, percebi que Paraguaçu entristecia. Os seus belos olhos negros, de instante a instante, ficavam parados e se enchiam de lágrimas. Compreendi tudo. Era a saudade das florestas, da gente, do céu azul e do sol ardente de sua terra.

E dia a dia ficava mais triste.

Dava-se agora comigo um caso curioso. Lá no Brasil, entre os indígenas, eu não amava Paraguaçu. Retribuía-lhe os carinhos por pura delicadeza.

Mas, agora, em Paris, o meu coração começava a ter um grande amor pela moça selvagem.

Lá no Brasil, no meio dos índios, eu só desejava a vida europeia. Agora, na Europa, no esplendor de Paris, eu tinha saudades da taba tupinambá.

Então, fui várias vezes ao palácio real rogar ao rei que nos mandasse levar para o Brasil.

Uma cidade como Paris, grande, curiosa, vive sempre querendo novidades. E uma novidade dura pouco, porque, imediatamente, se quer outra novidade.

Nós fomos novidade durante alguns dias apenas. Agora, Paris já não se interessava por nós, ou melhor, já nos havia esquecido.

No palácio real não prestavam atenção a mim. Ninguém me ouvia.

E Paraguaçu, dia a dia, a entristecer de saudades.

Chegou finalmente um momento em que compreendi tudo: Francisco I não me mandaria ao Brasil. Escrevi então uma carta a D. João III, rei de Portugal, contando a minha história e pedindo-lhe que me mandasse buscar. D. João não me respondeu.

Tive instantes de verdadeiro desespero. Paraguaçu ia se acabando como um pássaro na prisão; eu próprio me sentia dentro de uma cadeia.

Um dia, uns mercadores de Saint-Malo, que conheci quando saltei naquele porto, vieram conversar comigo. Não seria possível arranjar, entre os índios brasileiros, um grande carregamento de pau-brasil para dois ou três navios?

Se era!

E combinamos. Eles nos deixariam, eu e Paraguaçu, entre os tupinambás, eu forneceria o carregamento de pau-brasil que quisessem.

E, uma noite, Paraguaçu e eu saímos de Paris, para embarcar no porto de Saint-Malo.

Não era fuga, pois ninguém nos guardava. Ninguém mais fazia caso de nós.

Nunca houve, para mim, viagem mais risonha do que aquela travessia do Atlântico. O oceano era um espelho; os ventos, amigos.

E uma manhã, uma linda manhã de céu azul e de muita luz, avistamos as praias da Bahia.

Paraguaçu, com os olhos molhados de lágrimas, chorando e rindo ao mesmo tempo, apontou-me a embocadura do rio Vermelho.

Lá em cima, na ribanceira, erguia-se a sua querida aldeia natal.

O pajé

Os indígenas pensavam que estávamos mortos.

Não tenho palavras para descrever a alegria que a nossa volta acendeu nas aldeias tupinambás e nas aldeias e nas tribos amigas. Festas que duraram uma semana inteira.

E, certamente, durariam mais se um triste acontecimento não viesse interrompê-las. O velho cacique, Taparica, pai de Paraguaçu, foi mordido por uma cascavel.

Imediatamente, chamaram o pajé da taba.

O pajé é o médico dos índios. Mas não é apenas médico, é sacerdote também. E sacerdote misterioso, que adivinha o futuro, que benze as criaturas para afastar os males e que também as amaldiçoa quando é por elas desobedecido.

Vivem em cabanas escuras, afastados das tabas. Para os índios, o pajé é uma criatura sagrada, que vive na intimidade dos deuses e conversa intimamente com Tupã, o deus maior do universo.

As ordens dos pajés são como ordens do céu. Todo mundo as respeita, sem discutir. Se lançam a maldição sobre um pobre índio, este se apavora tanto que se recolhe à sua rede e nunca mais come e nunca mais bebe e morre de sede, de fome e de tristeza.

O pajé aproximou-se do morubixaba enfermo, rezou, queimou resinas, dançou, cuspiu, disse mil palavras que ninguém entendeu.

Mas não há poder de pajé para veneno de cobra cascavel. O velho maioral da tribo foi piorando, piorando e, no dia seguinte, todo mundo percebeu que ele ia morrer.

Os funerais do morubixaba

A morte de um grande chefe como Taparica, chefe não só de sua tribo, mas de várias nações selvagens, era, na verdade, um acontecimento importantíssimo.

Logo que o valente guerreiro expirou, saíram mensageiros para avisar os povos amigos. A aldeia inteira, ou melhor, todas as aldeias tupinambás, desde a véspera, ali estavam, junto da oca do moribundo, à espera que ele fechasse os olhos para sempre.

Quando ele fechou para sempre os olhos, ouviu-se um longo clamor que entristecia a alma da gente. Eram milhares e milhares de criaturas, homens, mulheres, crianças, todos ao mesmo tempo chorando a morte do velho cacique.

O cadáver foi levado. Depois o lambuzaram com mel, da cabeça aos pés, e o cobriram com pasta de algodão e penas multicores de pássaros. Puseram-no, em seguida, de cócoras, dentro de um grande pote, a que eles chamam igaçaba. É o caixão dos indígenas.

Colocou-se a igaçaba no terreiro da aldeia e, junto dela, expuseram as armas de que o finado guerreiro se servira nos combates e também os objetos que ele mais usara na vida.

Chegaram os chefes das outras tabas, os maiorais de outras tribos, enfeitados como para uma festa. A família do morto, vestida ricamente, veio colocar-se perto do cadáver.

É a hora do enterro. Os caciques e os mais afamados homens de guerra das aldeias vizinhas entram na ocara e param diante do defunto.

E começa uma discurseira interminável. Cada um deles, em voz alta, põe-se a elogiar a coragem e o valor que tivera o pai de Paraguaçu. E, enquanto vão falando, todas as pessoas presentes choram num berreiro ensurdecedor.

Forma-se o cortejo a caminho do cemitério. Na frente vai o pote, com o corpo. Atrás, o povo entoando cantos tristes.

A cova está aberta. Dentro dela colocam a igaçaba. E colocam também as armas que o morubixaba usou na terra e muita caça, farinha, aipim, mel, frutas, para que o morto se alimente no outro mundo.

Cobre-se depois tudo isso com terra.

Durante cerca de um mês, noite e dia, a família de meu sogro chorou junto à sepultura.

Paraguaçu cortou os cabelos em sinal de luto.

O novo dono da terra

Se a minha autoridade era grande antes da morte do pai de minha mulher, muito maior se tornou depois dela.

Eu era o rei daqueles lugares. Agora, já não me passava mais pela cabeça abandonar a minha querida princesa tupinambá nem viver na Europa. A viagem a Paris havia-me curado.

Agora eu amava profundamente a minha mulher e os filhos que ela ia me dando, e só nas terras do Brasil e entre gente indígena eu desejava terminar os meus dias.

E o tempo foi passando.

Eu não sabia nada do que estava acontecendo no mundo nem me preocupava com isso. O meu mundo era aquela aldeia e aquele povo.

A vida era sempre a mesma, tranquila e doce.

Mas, um dia, houve uma grande mudança na nossa vida.

Certa manhã, do alto da ladeira, avistamos velas brancas no horizonte do mar. Eram navios que se aproximavam. Nada menos de sete, e dos grandes.

Que seria aquilo? O que teria acontecido na Europa para que tantos navios viessem até aqui?

Ao cair da tarde as embarcações ancoraram perto da praia.

Soubemos tudo: D. João III, rei de Portugal, tinha dividido o Brasil por vários de seus protegidos e aquele pedaço de terra em que vivíamos coubera a D. Francisco Pereira Coutinho, fidalgo português.

D. Francisco Coutinho era, portanto, o novo dono da terra, o capitão-mor de todos os seus habitantes.

E naqueles sete navios, com centenas de homens que obedeciam ao seu comando, ele vinha tomar conta do país que o rei lhe dera.

Senti dentro do peito o coração bater de alegria.

Era gente portuguesa que chegava, gente do meu sangue, da minha raça e do meu rei.

Corri à praia. De braços abertos recebi o capitão-mor e seus homens.

Vida perturbada

A vida da aldeia mudou inteiramente. Não havia mais os dias calmos de outrora. Agora tudo era rebuliço.

Os homens que D. Francisco Coutinho trouxera transformaram os hábitos indígenas.

O capitão-mor achou excelente o lugar em que eu vivia com os meus filhos e resolveu fundar ali mesmo a capital da sua capitania.

No começo, tudo correu bem. Os índios, em geral, são desconfiados. Mas eu os convenci de que os meus patrícios eram boas criaturas e que o nosso dever era hospedá-los delicadamente. E os índios repartiam tudo que tinham com os novos hóspedes.

Mas os homens de D. Francisco Coutinho não pagaram delicadeza com delicadeza. Puseram-se a abusar. Como vinham de um país muito diferente, entendiam que o índio era bicho. Como viviam sob a proteção do capitão-mor, julgavam-se reis. Supunham que os donos da terra eram eles e que os índios não passavam de escravos.

Aos meus ouvidos, todos os dias, chegavam queixas. Ora um maioral indígena que me vinha dizer que um grupo de portugueses tomara a roça da taba. Ora outro maioral que vinha queixar-se de que um dos novos habitantes maltratara uma moça da tribo.

Eu levava imediatamente as reclamações ao capitão-mor. D. Francisco Coutinho era um homem de grande vaidade, muito duro, muito teimoso, que não sabia dar jeito às dificuldades. Para ele, o índio não era gente.

Quando eu lhe contava as queixas dos índios, dava razão aos seus homens e não tomava providência alguma.

A situação foi se agravando. Era inevitável: mais cedo ou mais tarde aquilo teria de explodir numa grande luta.

O choque

Um dia, um protegido do capitão-mor matou o filho de um cacique.

Tive a impressão de que o mundo vinha abaixo. Todas as tribos vizinhas correram a mim, pedindo-me justiça.

A situação era difícil porque D. Francisco Coutinho não tomaria providências. E os indígenas não suportariam a ofensa.

O índio é vingativo e não perdoa. Quem lhe faz, mais cedo ou mais tarde, paga. É olho por olho, dente por dente.

Corri ao capitão-mor.

Deu-se aquilo que eu esperava. Ele não quis castigar o assassino.

Mostrei-lhe a gravidade do fato, mostrei-lhe tudo que ia acontecer de ruim. Nada.

E, na discussão do caso, o capitão-mor alterou a voz. Alterei também a minha.

– Cale-se! – gritou ele.

Perdi as estribeiras. Desabafei. Disse-lhe tudo que tinha de dizer. Com palavras violentas, condenei a sua ação de proteger um assassino.

D. Francisco Coutinho era um homem que não admitia censura de ninguém. Ali mesmo mandou que me prendessem e deu ordens para que me pusessem ferros nas mãos e nos pés e me levassem para bordo de um navio.

E reuniu todos os seus homens.

Era a guerra, era declaradamente a guerra que ele queria fazer contra os índios.

Esses atos violentos, inesperados, desnorteiam e assustam a gente. Os tupinambás e as outras tribos não contavam com aquilo e ficaram meio tontos, amedrontados.

A guerra

Mas houve, no meio dos índios, uma criatura que não se deixou esmorecer. Foi Paraguaçu.

Ao saber que eu, acorrentado como um criminoso, fora preso a bordo de um navio, saiu a correr pelas aldeias, pedindo vingança e instigando à guerra.

Os indígenas, ouvindo a voz da sua princesa, de novo criaram ânimo.

E a guerra estalou.

Tribos até então inimigas uniram-se para expulsar aqueles hóspedes desagradáveis.

E o sangue correu abundantemente. Os índios não queriam deixar pedra sobre pedra. As casas, os engenhos, as fazendas das vizinhanças da capital foram incendiados.

Os indígenas tiraram-me imediatamente da prisão.

D. Francisco Coutinho nunca imaginou que eram tão numerosas as forças indígenas. Quando abriu os olhos, estava cercado com toda a sua gente.

Durante muitos e muitos dias resistiu.

Mas, quanto mais as suas armas de fogo iam matando os inimigos, mais os exércitos indígenas aumentavam de guerreiros e de desejo de vingança. Nações inteiras desciam das matas para destruir os portugueses.

Ou o capitão-mor fugia e salvava a sua vida e a de seus homens ou ali ficava para ser arrasado.

E ele resolveu fugir. Foi, com a sua tropa, refugiar-se nas vilas de Porto Seguro e Ilhéus.

O desastre

Eu já contei que nasci em Portugal. Aqueles homens, que os índios acabavam de expulsar, eram meus irmãos.

Meu dever era conciliar as coisas. Era ver se fazia as pazes dos índios com os portugueses.

E reuni na minha casa os morubixabas e os guerreiros mais afamados. Suei. Ninguém imagina a dificuldade que tive para convencer aquela gente de que devíamos viver todos em harmonia. Gastei nisso nada menos de um ano.

Afinal, todos concordaram que D. Francisco Coutinho voltasse para o governo da capitania. Afinal, todos concordaram em aceitar de novo D. Francisco Coutinho como capitão-mor.

E eu parti para Porto Seguro a fim de ir buscar D. Francisco.

Foi então que se deu o desastre que tanta mágoa me deixou no coração.

Em Porto Seguro, o capitão-mor, com a sua gente, embarcou em dois grandes caravelões. Viagem boa no começo, mas, quando menos se esperava, o tempo se perturbou. Roncou o temporal.

Se não tentássemos arribar a uma praia, naufragaríamos com certeza. E arribamos a uns baixios da ilha de Itaparica.

Não podíamos imaginar a desgraça que nos esperava em terra. O que se deu foi terrível. Os índios que habitavam a ilha não tinham sido avisados da paz com D. Francisco Coutinho e do acordo que os morubixabas fizeram para que ele voltasse a nos governar.

Ao verem chegar D. Francisco Coutinho e os seus homens, a eles se atiraram ferozmente.

E mataram um por um.

O governador geral

Os anos foram passando. As tabas indígenas voltaram aos antigos hábitos, à vida antiga. Eu ia-me sentindo quebrado de forças. Era a idade.

Na minha cabeça e na cabeça de Paraguaçu, não havia mais um cabelo preto.

Os nossos filhos já eram homens feitos; alguns dos nossos netos, rapazotes.

Eu sentia que os meus dias não tardariam a terminar.

As notícias do mundo de novo deixaram de chegar aos nossos ouvidos.

As notícias que, de raro em raro, nos chegavam, eram de desastres e mais desastres que se passavam no Brasil.

As infelicidades do governo de D. Francisco Coutinho tinham sido, mais ou menos, as mesmas dos outros capitães-mores, pelos quais el-rei distribuíra os quinhões de terra brasileira. As outras capitanias haviam caído em ruína como esta da Bahia.

Um dia (um dia mais ou menos igual àquele em que o capitão-mor chegara), avistamos do alto da aldeia navios que navegavam rumo à costa.

Eram seis embarcações.

Os tupinambás agitaram-se. Estavam bem vivos na memória deles os tristes fatos do tempo de D. Francisco.

Consegui felizmente acalmar a tribo, consegui que ela, de braços abertos, recebesse os novos hóspedes.

Quem chegava, e acompanhado de mais de mil homens, era Tomé de Sousa, que o rei de Portugal nomeara governador geral do Brasil.

Com a minha família e os meus índios corri à praia para recebê-lo. Mal o encarei, percebi que não aconteceria no seu governo o que houve no governo anterior.

Nos seus olhos, nas suas maneiras, no seu todo, senti que ele era um homem de vontade, sem a teimosia e sem o orgulho do capitão-mor.

Governaria o país com justiça, paz e humanidade.

E essa confiança se tornou mais profunda no meu espírito dias depois, quando conheci de perto os missionários jesuítas que ele trouxe para ensinar a religião de Cristo no Brasil.

Tornou-se ainda mais profunda quando senti de perto a alma imensa, a luminosa alma do padre Manuel da Nóbrega, o superior daqueles padres.

Últimos dias

Havia no manuscrito da História de Caramuru várias folhas com uma letra tão apagada que não as pude ler. A última página dizia assim:

"Tudo em paz. Os índios estão satisfeitos. Os jesuítas começaram o ensino da religião nas tabas. Tomé de Sousa é um homem de justiça.

Sinto que vou morrer. Já é tempo. E morro satisfeito.

Minha família é a grande família desta terra.

Os meus índios têm os jesuítas para velar por eles.

A minha aldeia é hoje a Capital do Brasil.

Nada me falta para morrer tranquilo."

Sua Excelência, o Açúcar

O mel de abelhas

Naquele dia, quando chegamos à chácara da Gávea, vovô já nos esperava sob a copa do tamarindeiro, com o Damasco a cochilar nas suas pernas e Barão pousado a seus pés.

A manhã estava maravilhosa: céu todo azul, um ventinho gostoso agitando as folhas e pássaros cantando nas árvores.

Logo que nos sentamos, vovô nos preveniu com ar de brincadeira:

– Hoje vou contar a história de um figurão que vocês muito conhecem e do qual gostam muito.

– Nós gostamos dele? – interrogou a Mariazinha, cheia de curiosidade.

– Gostam perdidamente – afirmou vovô, sorrindo.

Gostam tanto que, todos os dias, querem tê-lo à mão e muitas vezes por dia, no café, no almoço, na merenda, no jantar, na ceia e a qualquer hora que seja possível.

O Nhonhô gaguejou, remexendo-se no banco:

– Meu Deus, que figurão será esse?

– Eu estou querendo adivinhar, mas não consigo – declarou o Neco.

Vovô riu-se de nossa curiosidade e disse:

– O figurão é o açúcar. É uma das grandes figuras da história brasileira, tão grande que nós o chamaremos Sua Excelência, o açúcar. Ele tem uma história interessante para ser contada.

– Bonita? – perguntou a Mariazinha.

– Bonita – respondeu o velho.

– Divertida? – indagou o Pedrinho.
– Divertida. Querem ouvi-la?
– Queremos! – gritamos todos.

A Mariazinha se aproximou para ouvir melhor. O Neco acomodou-se junto do Pedrinho; eu mudei de lugar e aproximei-me do narrador.

Vovô fez uma carícia no pelo do Damasco e disse:
– Antigamente, não havia açúcar.

A afirmação teve, para nós, o efeito de uma bomba. A Mariazinha, de espanto, quase caiu da cadeira. O Nhonhô gaguejou qualquer coisa incompreensível; o Neco teve um fungado ruidoso; eu arregalei os olhos, surpreso; o Pedrinho e a Quiquita tiveram uma exclamação de pasmo.

– Antigamente – repetiu o velho –, não havia açúcar.

O Neco não se conteve e perguntou:
– Não havia "doces"?
– Havia – respondeu vovô.
– E como podia ser isso? – interroguei. – Os "doces" não eram doces?

Vovô sorriu.
– Mas como podia ser isso? – bradou a Mariazinha, com uma curiosidade inquieta.
– Antigamente – disse vovô com toda a sua calma –, adoçavam-se as coisas com mel de abelha.

Um ah! de quem se satisfaz com a explicação saltou das nossas bocas.

O Neco foi o único que pareceu ter uma dúvida qualquer na cachola. Não resistiu e arriscou:
– Com eram feitos os pudins?
– Com mel de abelha, se é que naquele tempo havia pudins – explicou vovô.

O menino falou novamente:
– E os bolos?
– Com mel de abelha.

– E os biscoitos?
– Com mel de abelha.
– E os confeitos e os bombons?
– Com mel de abelha.
– Devia haver muitas abelhas para dar mel a tanta gente – observou a Mariazinha.
– Sempre houve muita abelha produtora de mel no mundo. Mas é preciso levar em conta que o hábito de comer bolos, bombons, pudins, biscoitos e outras gulodices doces é moderno; antigamente, só gente rica, e muito raramente, se dava ao luxo de saborear alimentos adoçados.

E depois de uma pequena pausa:

– A fabricação do açúcar produziu uma grande transformação na mesa do ser humano. Antigamente, as gulodices doces eram raríssimas; hoje fazem parte dos nossos hábitos. Antes, só uma pessoa rica ou poderosa podia ter um doce à mesa. Hoje, não há mesa, por mais pobre que seja, que não tenha uma iguaria doce. Quando começou isso? Quando o homem começou a fabricar o açúcar? Aí está uma pergunta que dificilmente pode ser respondida.

A terra em que nasceu o primeiro pé de cana

– A cana-de-açúcar, meus meninos, ainda não tem a sua história perfeitamente conhecida. A rigor, não se sabe onde nasceu o primeiro pé de cana.

– Sabem vocês onde fica a Índia? – perguntou ele.
– Eu sei – respondeu a Quiquita.
– Eu já ouvi falar, mas não sei onde fica – disse o Nhonhô.
– Abram o atlas, que assim todos ficarão sabendo – aconselhou o vovô.

O Pedrinho, que tinha o atlas sobre as pernas, abriu-o. Juntamo-nos a ele.

– É um país situado ao sul da Ásia – gritei.

– É uma grande península que fica entre o mar Arábico e o golfo de Bengala – acrescentou a Mariazinha.

Vovô continuou:

– A maioria dos historiadores afirma que foi na Índia que nasceu o primeiro pé de cana. Mas há quem diga que, antes da chegada dos europeus à América Central e à América do Sul, a cana-de-açúcar já existia, sem que ninguém a tivesse plantado.

Há até quem diga que antes da esquadra de Cabral deixar o porto de Lisboa, em 1500, já existiam canaviais no Brasil.

– Então os índios usavam o açúcar! – bradou o Neco.

– Não – respondeu vovô. Em primeiro lugar, não é com segurança que se afirma que os índios conhecessem a cana-de-açúcar; em segundo lugar, é preciso considerar que uma coisa é ter a cana-de-açúcar e outra coisa é fabricar o açúcar.

Um povo pode ter a cana-de-açúcar durante a vida toda e não saber preparar esse produto com que atualmente adoçamos os nossos alimentos.

Vocês querem um exemplo? A Índia de que falei há pouco. Desde que o mundo é mundo, a Índia possui a cana-de-açúcar, no entanto, durante muitas e muitas centenas de anos, o povo hindu servia-se da cana apenas para chupá-la, como nós fazemos com os roletes, e para bebê-la em caldo, como bebemos a garapa.

Ao que parece, só no século terceiro de nossa era começou a fabricação de açúcar na Índia. E, assim mesmo, em porção insignificante e de baixa qualidade, grosso. Os primeiros açúcares que se fabricaram não foram usados nas mesas como alimento, e sim nas farmácias, como remédio.

– Como remédio! – exclamei.

– Sim! – disse vovô. – Nos primeiros tempos, o açúcar era usado exclusivamente como remédio. Só os médicos podiam aplicá-lo.

Pode-se afirmar com segurança que os povos da Antiguidade não puseram na boca um torrãozinho de açúcar. Aristóteles, o maior sábio daqueles tempos, não teve, como nós, o prazer de saborear uma só iguaria adoçada com o delicioso produto que se tira da cana. É possível que ele tivesse conhecido o "melado", mas o açúcar seco, ou melhor, o açúcar sólido ou em pó evidentemente não conheceu. Nos tempos de Aristóteles falava-se que na Índia havia "um caniço que dava mel, sem auxílio das abelhas". O caniço era a cana-de-açúcar e o mel era, com certeza, o que hoje chamamos melado.

Cristo não comeu nada açucarado

Pode-se afirmar, com toda a segurança, que o mundo antigo não usou nem sequer conheceu o açúcar. Roma... Sabem vocês o que foi Roma?

– Eu sei! – disse o Neco. – A capital da Itália.

– Não – retorquiu vovô. – A Roma de que eu quero falar não é a Roma atual, capital da Itália. Quero falar de Roma, senhora do mundo.

– Então houve um país que se chamou Roma? – interrogou Pedrinho.

– Houve. Uma cidade e um país. A cidade deu o nome ao país. Isso foi na Idade Antiga. Roma foi, em certo período da Idade Antiga, o mais poderoso país do mundo. O mundo que se conhecia na época era governado por ela.

Em Roma, meus meninos, havia gente riquíssima, gente que gostava de comer o que havia de melhor no mundo. Davam-se banquetes em que se gastavam verdadeiras fortunas. Tudo que os outros países tinham de novo e de precioso mandavam para Roma.

Pois em Roma, acreditem, não havia açúcar. Os doces e os pratos que se comiam nos banquetes dos imperadores e dos milionários eram temperados com mel de abelha.

Parece que, por muitos séculos, a cana-de-açúcar não saiu da Índia. Durante toda a Antiguidade não se encontra notícia dela nem mesmo nos países vizinhos do país em que ocorria.

Quiquita, com os seus modos delicados, teve um movimento de braço.

– Fale! – disse-lhe vovô.

– Cristo teria conhecido o açúcar?

– Não conheceu – respondeu o velho. – Antes da era cristã a cana era quase desconhecida e o açúcar ainda não havia sido fabricado. Se Cristo, durante a sua passagem pela terra, saboreou algum manjar adocicado, com certeza o adoçou com o mel que as abelhas preparam. Até o sétimo século da nossa era, não se conhecia o açúcar.

Mariazinha remexeu-se no banco.

– Vovô não disse há pouco que a Índia começou a fabricar o açúcar no século terceiro?

– Disse. Mas só a Índia conhecia o produto que ela preparava. E assim mesmo nem toda a Índia, apenas uma parte dela, a parte que fica para os lados do golfo de Bengala. O resto do mundo desconhecia inteiramente o delicioso alimento que se extrai da cana.

Os árabes

Na Arábia, até o tempo de Maomé, só se usava, para adoçar, o mel de abelha. Unicamente o mel de abelha usavam os persas, os fenícios, os judeus, os turcos. Fora da Ásia, a primeira parte do mundo que conheceu o açúcar foi a África. E, na África, a terra que primeiro o fabricou foi o Egito.

– E quem ensinou o povo do Egito a fabricar o açúcar? – perguntei.

– Os árabes – explicou o vovô. – Agora, precisamos dar aqui um pequeno passeio por fora da história do açúcar, para que vocês fiquem sabendo quem foram os árabes.

E, apontando para a Quiquita, disse:
– Abra o atlas na página da Ásia.
Ela abriu.
– A Arábia, como vocês estão vendo – continuou ele –, é um país da Ásia. A história desse país é interessantíssima. Durante toda a Idade Antiga, embora existisse, não se ouvia falar de tal país. O seu povo, comparado com outros povos da época, tais como os egípcios, os babilônios, os fenícios, os gregos, era considerado um povo sem importância na história.

Mas um dia (isso se passou em quinhentos e tantos da nossa era) nasce na Arábia um homem de gênio, que se chamou Maomé.

Maomé, que quando rapaz era condutor de camelos, mais tarde criou uma religião que o mundo inteiro conhece pelos nomes de islamismo ou religião muçulmana.

No começo, os próprios árabes foram contra ela, mas depois por ela se apaixonaram de tal forma que quiseram que o mundo inteiro a conhecesse e a adotasse.

A religião criada por Maomé produziu na Arábia uma completa transformação. Os árabes eram, até então, um povo indolente, sem cultura, que dava à gente a impressão de que viviam adormecidos nos seus desertos – a Arábia é uma região de imensos desertos –, indiferentes ao que se passava com os outros povos.

A nova religião teve o poder de os acordar e de os sacudir. De uma hora para outra, aquele povo resolveu ser um grande povo. Sem perda de tempo, os árabes organizaram exércitos e saíram pelo mundo, impondo a ferro e a fogo a religião pregada pelo antigo condutor de camelos.

É um dos capítulos mais curiosos da história universal, esse da caminhada dos árabes por outras terras para implantar à força a nova religião. E uma das curiosidades dessa caminhada é esta: eles, os árabes, quando partiram do país natal, partiram ignorantes, mas, ao chegarem à Europa, eram um dos povos mais cultos do mundo.

– Como foi isso? – vocês devem estar se perguntando.

É fácil explicar. Os árabes subjugaram vários povos desde a Ásia até a Europa, incluindo os povos do norte da África.

Muitos desses povos eram adiantados e alguns deles tinham a mais alta civilização da época.

Povo inteligente e imaginoso, os árabes, à medida que iam dominando os povos, com eles aprendiam tudo que tinham de bom e de grande. E mais ainda: com uma rapidez espantosa melhoravam tudo que aprendiam.

Quando os árabes conheceram o açúcar na Índia ou na Pérsia, o açúcar era um produto inferior. Era grosso, úmido e escuro.

Transportando a cana para o Egito, o povo de Maomé começou a fabricar açúcar como ninguém ainda fabricara: açúcar seco, leve e saboroso.

Os egípcios gostaram da novidade. Nos palácios dos homens de governo e nas casas ricas, usaram-se imediatamente gulodices açucaradas.

Houve mesmo a mania de adocicar os alimentos. Havia melão com açúcar, galinha com açúcar, abóbora, cenoura, gengibre e amêndoas com açúcar. Os vinhos e outras bebidas passaram a ser açucarados.

Cairo, que, como vocês sabem, é uma das maiores cidades egípcias, tinha um grande comércio açucareiro. Mas no Egito só os ricos podiam se dar ao luxo de consumir açúcar. Custava tão caro que os pobres nunca o tiveram à mesa.

– E nesse tempo a Europa conhecia o açúcar? – indagou Pedrinho.

Vovô ficou um segundo calado.

– A rigor não se pode dizer que sim. Na Sicília e na Espanha, depois que os árabes as conquistaram, houve vários engenhos de açúcar. Veneza recebia açúcar da Síria e do Egito. Mas era tão pequeno o número de europeus que conheciam o delicioso produto que não se pode afirmar que a Europa o conhecesse. O açúcar não estava popularizado na Europa. Nem na Europa nem em parte alguma do mundo.

As Cruzadas

O Damasco remexeu-se nas pernas de vovô e pulou no chão. O velho chamou-o duas ou três vezes e depois deixou que se fosse.

– Foram os cruzados – disse – que fizeram a Europa conhecer o açúcar. Vocês sabem o que foram as Cruzadas?

– Já ouvi falar, mas não me recordo – declarou a Mariazinha.

– As Cruzadas – continuou vovô – são outro capítulo interessante da história universal. Em duas palavras vocês compreenderão o que foram elas. Como todos sabem, Jesus Cristo morreu em Jerusalém, na Judeia, e em Jerusalém foi enterrado.

– Mamãe me disse que o túmulo de Jesus se chama Santo Sepulcro – acrescentou Quiquita.

– Justamente – confirmou o narrador. – O Santo Sepulcro sempre mereceu uma alta veneração dos povos que seguem a religião cristã. Multidões e multidões de fiéis iam todos os anos a Jerusalém visitar o túmulo de Jesus.

Aconteceu, porém, que, em plena Idade Média, a Terra Santa – assim se referem à região em que Jesus nasceu – caiu em poder dos muçulmanos. Eles perseguiam cruelmente todos os cristãos que chegavam a Jerusalém para visitar o túmulo sagrado.

Os reis católicos resolveram ir à Terra Santa, com os seus exércitos, para tomar o Santo Sepulcro da mão dos muçulmanos. Cada guerreiro levava uma cruz ao peito, e aí está a razão por que se chamaram "cruzados" os guerreiros e "Cruzadas" as viagens deles.

Foi no caminho da Judeia que os cruzados conheceram a cana-de-açúcar. Estavam eles nas planícies da Síria. Os exércitos iam cheios de sede e de fome quando penetraram em vastos canaviais. Todos se atiraram às canas a chupá-las gulosamente.

Mais tarde tiveram oportunidade de se apoderar de vários comboios de açúcar conduzidos pelos muçulmanos.

Na Terra Santa, os europeus, ao que parece, se acostumaram ao uso do açúcar. O fato é que, depois da primeira Cruzada, a Europa passou a consumir mais açúcar do que até então consumia.

No século 12, já há bebidas açucaradas na Alemanha e já se fabricam confeitos em Veneza. No século 13, o açúcar penetra na Inglaterra e Eduardo III contrata um farmacêutico para preparar remédios açucarados. Nas mesas inglesas, naquele mesmo século, há a novidade de iguarias que já não são adoçadas com mel de abelha.

Mas, apesar disso, não se pode afirmar que a Europa conhecesse o açúcar. O povo não conhecia a nova mercadoria. Só os ricos e os doentes a saboreavam. O açúcar só era vendido nas farmácias.

Na França, em pleno século 14, não havia açúcar senão para os que tinham fortuna. Um pão açucarado era um presente de rei. Para o preparo de doces em calda, chamavam-se não cozinheiros, mas os farmacêuticos.

Vovô calou-se. Lá de dentro de casa vinham os sons da campainha chamando para o almoço.

— Vocês almoçam comigo — disse o velho — e, durante o almoço, eu contarei a história do açúcar no Brasil.

A Madeira, as Canárias e Colombo

Logo após a salada, vovô recomeçou:
— Foi realmente depois da primeira Cruzada que a Europa se interessou pela cana-de-açúcar. Vocês se lembram do infante D. Henrique?

— Eu me lembro! — bradou Mariazinha. — Foi aquele que fundou a Escola de Sagres, em Portugal.

— Justamente — disse o velho.

E passando manteiga no pão:

— O infante D. Henrique mandou plantar cana-de-açúcar na Ilha da Madeira. Lá, a cana encontrou boa terra para crescer, e em

1500 a ilha tinha cerca de 150 engenhos. Todo o açúcar consumido em Portugal era fabricado lá. Mas esse açúcar era caríssimo. Só o podiam ter à mesa os reis, os nobres e os ricos.

O Pedrinho parou de comer.

– Quer perguntar alguma coisa? – indagou vovô.

– Quero. Foi a cana-de-açúcar da Ilha da Madeira a primeira cana que veio para a América?

– Não – respondeu o narrador. – A primeira cana que entrou na América veio das Canárias, arquipélago pertencente à Espanha e que fica em frente à costa da África. Quem a trouxe foi Cristóvão Colombo, na segunda viagem que fez à América.

Colombo plantou o primeiro pé de cana na Ilha de São Domingos, nas Antilhas. Mas essa primeira plantação não teve sorte. O primeiro canavial americano extinguiu-se.

Mais tarde, em 1506, a cana-de-açúcar foi novamente introduzida em São Domingos e, dessa vez, com grande felicidade. Com tão grande felicidade que, anos depois, o rei Carlos V de Espanha mandava construir luxuosos palácios em Madri e em Toledo com o dinheiro do imposto de importação do açúcar.

De São Domingos, a cana é levada para Cuba e também para as outras ilhas próximas.

– A primeira cana que chegou ao Brasil veio de São Domingos? – perguntou o Nhonhô.

– Não – respondeu vovô. – A primeira cana que se plantou no nosso país veio da Ilha da Madeira.

E, voltando-se para a Mariazinha, perguntou:

Qual foi o lugar do Brasil que primeiro recebeu a cana?

– São Vicente, em São Paulo – disse ela vivamente.

A cana já existiria no Brasil?

Conforme disse a vocês, vários historiadores afirmam que, antes de os navios de Cabral chegarem às nossas praias, já existia cana-de-açúcar no Brasil. Será? Não se pode afirmar isso com segurança.

Há quem diga que a cana é originária da América do Sul. Há quem diga que o país de origem é o Brasil.

Vocês sabem o que é uma planta em estado silvestre? É aquela que nasce nos matos, sem que ninguém a plante, sem que ninguém a cultive.

Já houve quem afirmasse que a cana-de-açúcar era planta silvestre em Mato Grosso. Encontrava-se em abundância nas margens dos rios Paraguai e São Lourenço.

Nos começos do século dezoito foi realmente encontrada cana-de-açúcar entre aqueles dois rios. Mas isso prova que a cana era originária daquele pedaço de terra brasileira?

– Prova, sim! – disse o Neco, por cima do prato de peixe ensopado.

– Não prova! – retorquiu vovô. – A cana foi encontrada vinte e oito anos depois de começar o século dezoito, mas, muitos anos antes, as bandeiras paulistas já haviam percorrido aquelas paragens.

Os bandeirantes paulistas, por onde andavam, iam fazendo plantações de vegetais que lhes pudessem dar alimentos.

Dezenove anos depois de descoberto o Brasil por Pedro Álvares Cabral, passou por aqui o navegador português Fernão de Magalhães, aquele que descobriu o estreito de Magalhães, estreito que, como vocês sabem, liga o Oceano Atlântico ao Oceano Pacífico.

Um dos companheiros de Magalhães era o viajante Pigafetta, que descreveu a viagem. Conta Pigafetta que encontrou cana-de-açúcar nas margens da nossa baía de Guanabara. Isso prova que a cana seja originária do Brasil?

— Mas quem a plantou para que ela fosse encontrada dezenove anos depois do descobrimento? – indagou o Pedrinho, com os olhos fixos no velho.

Vovô calou-se durante um instante e depois disse:

— Durante alguns anos, logo nos seus começos, o nosso país esteve arrendado a Fernando de Noronha para a exploração do pau-brasil.

Durante esse espaço de tempo, a nossa terra tem uma vida misteriosa. Pouco ou quase nada se sabe o que se passou na imensa extensão das nossas costas. Aqui chegavam náufragos, comerciantes, aventureiros, piratas para ver de perto a nova terra descoberta.

Quem sabe se algum desses homens ou vários deles não plantaram a cana-de-açúcar na nossa terra? Quem sabe se o próprio Fernando de Noronha não quis fazer a experiência?

A cana encontrada por Pigafetta na nossa Guanabara foi, com certeza, cana plantada naquela época quase desconhecida.

Com segurança, com verdadeira segurança não se pode afirmar que a cana-de-açúcar fosse planta silvestre no Brasil. Vamos, portanto, aceitar a afirmação de que ela aqui chegou vinda da Ilha da Madeira. Martim Afonso de Sousa mandou buscá-la.

O engenho do governador e outros engenhos de São Vicente

Vovô continuou:

— Trinta anos depois de descoberto o Brasil, Martim Afonso de Sousa chegava ao porto de São Vicente, em São Paulo, com cinco navios. Ele trazia a nomeação de governador da nossa terra.

O rei de Portugal resolvera finalmente cuidar do Brasil.

Nos navios do governador havia tudo de que um país necessitava para começar a se desenvolver. Havia o padre – chamava-se ele

Gonçalo Monteiro –, havia o juiz, os escrivães etc. Havia soldados e armas para lutar contra as feras.

E mais ainda. Havia pedreiros, carpinteiros e material de construção para substituir a palhoça do índio pela casa à moda da Europa. Havia a galinha, a ovelha, a cabra e outros animais domésticos que os filhos da nova terra não tinham à mesa. Havia sementes de plantas que nossa gente desconhecia completamente.

Havia instrumentos para a lavoura e cerca de quatrocentos homens que vinham dispostos a lavrar o solo. Mas a cana-de-açúcar não fazia parte do carregamento dos cinco navios.

Naquele tempo o mundo desenvolvido começava a usar o açúcar. Martim Afonso de Sousa compreendeu a riqueza que a cana-de-açúcar seria num país como o Brasil, de imensas terras e de terras férteis.

E mandou buscar as mudas na Ilha da Madeira. Essas mudas tiveram tão boa sorte que, logo no ano seguinte, os lavradores de São Vicente começaram os seus canaviais.

Já havia cana bastante para a fabricação do açúcar. O governador apressa-se, então, em erguer um engenho. Era um engenho movido a água, no meio da ilha de São Vicente. E porque pertencia a Martim Afonso de Sousa, o povo imediatamente o apelidou de Engenho do Governador.

Martim Afonso seguiu para a Índia pouco tempo depois. Mas, antes de partir, organizou uma companhia da qual se fez sócio e a ela entregou o engenho. A companhia ficou conhecida pelo nome de Armadores do Trato. A moenda passou a denominar-se Engenho dos Armadores.

Mais tarde, foi vendida ao alemão Erasmo Schetz e aos seus parentes. Daí por diante recebeu o apelido de Engenho de São Jorge dos Erasmos ou apenas de São Jorge.

Na mão dos Erasmos, a moenda prosperou prodigiosamente. Os donos enriqueceram e até se tornaram fidalgos. Os membros da família Schetz vivem hoje na Bélgica e são duques de Ursel.

– Valia a pena fabricar açúcar! – exclamou Mariazinha.

– Valia – concordou vovô. – E justamente por isso outros lavradores se entusiasmaram e construíram os seus engenhos.

Os irmãos Adorno ergueram o Engenho São João, na própria ilha de São Vicente.

– Irmãos Adorno? Quem eram eles? – perguntei.

Vovô explicou:

– Três fidalgos genoveses que vieram nos navios de Martim Afonso de Sousa, com a intenção de enriquecer no Brasil.

Vários dos outros homens que o governador havia trazido de Portugal fundaram engenhos: o Engenho de Nossa Senhora da Apresentação, o de Santo Antônio, o de Madre de Deus e tantos e tantos outros.

O primeiro engenho pernambucano

Vovô, pondo uma colher de arroz no prato da Quiquita, disse:

– De São Vicente, a cana estendeu-se pelo Brasil. Subiu a serra e espalhou-se por toda a capitania de Martim Afonso, subiu a costa e pelo norte do país.

Antes de terminar o século dezesseis, o açúcar era a grande riqueza da Bahia e de Pernambuco. Principalmente de Pernambuco.

E, com um pedaço de batata enfiado no garfo, perguntou:

– Lembram-se de Jerônimo de Albuquerque?

Ficamos calados um instante. A Mariazinha, que começava a mastigar o bife, parou de comer.

– Eu me lembro – declarou ela. – Jerônimo de Albuquerque era cunhado de D. Duarte Coelho, o primeiro donatário de Pernambuco.

– Eu também sei – atalhou o Nhonhô. – Jerônimo de Albuquerque foi aprisionado pelos tabajaras, que iam matá-lo. Mas, na hora de ser morto, a filha de Arcoverde, o grande chefe tabajara, pediu ao pai que não o matassem, porque ela estava apaixonada por ele.

E, voltando-se para nós, disse, como para nos fazer inveja:
– Viram como eu sei?
– O primeiro engenho de açúcar construído em Pernambuco – continuou o velho – era de Jerônimo de Albuquerque.
– E como se chamava? – perguntou Quiquita.
– Engenho de Nossa Senhora da Ajuda.

Pernambuco nadando em ouro

Vovô serviu-se de uma colher de arroz e continuou:
– Nos últimos anos do século 16, quem chegasse à cidade de Olinda, em Pernambuco, teria um verdadeiro deslumbramento.

Era, naquele tempo, a mais importante cidade do Brasil. Importante pelo número e riqueza de seus prédios. Importante pela grandeza de seu comércio. Importante pelo luxo de seus habitantes. Tudo isso por causa de Sua Excelência, o açúcar.

D. Duarte Coelho, o primeiro donatário da capitania, era um homem ativo e de grande energia. Para ele, só valiam os homens trabalhadores. Quando sabia que um preguiçoso estava vivendo nas suas terras, mandava expulsá-lo imediatamente. Trabalho, trabalho, trabalho...Isso ele vivia exigindo dos homens que trouxera de Portugal.

Em Pernambuco não se perdia tempo. Logo que a cana-de-açúcar lá chegou, toda a gente se atirou a plantá-la. As terras de São Vicente eram boas, mas as de Pernambuco eram melhores.

Dia a dia os canaviais cresciam de número. E foram então surgindo as moendas. E, com as moendas, surgiu a fortuna, surgiu a riqueza.

– E só se deu isso em Pernambuco? – Pedrinho quis saber.
– Também na Bahia, naquele tempo. Mas, em Pernambuco, a produção do açúcar tornou-se maior. Era tão grande que a maioria do açúcar consumido no mundo era produzida pelo Brasil.

E com entusiasmo, acrescentou:
— Pernambuco encheu-se de engenhos. Nos engenhos a atividade crescia cada vez mais. Muitos daqueles homens humildes, verdadeiros homens do povo, que tinham vindo com D. Duarte Coelho, tornaram-se senhores de engenho e, da noite para o dia, enriqueceram.

Olinda, onde a maior parte deles vivia, passou a ter tanto luxo como as cidades da Europa. Os senhores de engenho tinham casas com ares de palacetes e na mesa se serviam de pratos, copos e talheres de prata. Havia tanto luxo que eram também de prata as fechaduras e as chaves das portas das casas ricas.

Nos engenhos havia um nunca acabar de festas por ocasião dos batizados, das datas natalícias, dos casamentos e dos santificados. E que festas! Duravam semanas inteiras com grande mesa, danças e vinhos dos mais caros que existiam no mundo.

O padre Fernão Cardim

Vovô prosseguiu:
— No ano de 1584 o padre Fernão Cardim chegou a Pernambuco. O padre vinha de Lisboa, considerada na época uma das mais importantes cidades europeias.

Pois, meus meninos, o padre Cardim, ao chegar a Olinda, ficou maravilhado. Maravilhado com a riqueza dos habitantes e com os gastos que eles faziam.

As mulheres, conta-nos ele, vestiam as sedas mais caras que vinham da Europa. E não se satisfaziam com as sedas que vestiam: cobriam-se também com vistosos bordados que custavam um dinheirão e enfeitavam-se com joias, tão finas e tão bonitas que fariam inveja às próprias rainhas.

As igrejas causam também surpresa ao padre. Eram igrejas ornadas de alfaias de ouro, alfaias que só os grandes templos europeus possuíam.

Naquela época ainda não havia carruagem no Brasil. Os ricaços usavam cavalos de pura raça, com arreios de seda e prata. Andavam também pela cidade, principalmente as senhoras, de cadeirinhas e palanquins.

As camas em que dormiam pareciam camas de reis: das melhores madeiras, cobertas de tecidos luxuosos.

O padre Fernão Cardim conta o luxo de um casamento a que assistiu. As roupas dos noivos e dos convidados surpreendiam pela riqueza e pela beleza. Uns vestiam-se de veludo vermelho; outros, de veludo verde; outros, de sedas de várias cores. E, mais ainda, diz o padre: os guiões e selas dos cavalos que montavam eram das mesmas sedas que os donos trajavam.

Pernambuco nadava em ouro. Havia para mais de sessenta engenhos. Quarenta navios bem carregados não podiam transportar todo o açúcar que lá se fabricava numa colheita.

O mundo começava a consumir açúcar

O Nhonhô, com a boca cheia de batata frita, perguntou:
– E Pernambuco vendia todo o açúcar que fabricava?
– Vendia – afirmou vovô.
E depois de uma pequena pausa:
– Naquele tempo a Europa estava começando a consumir o açúcar. A nova mercadoria deixava de ser um produto de luxo. Agora começava a entrar nos hábitos de toda a gente.

Deixava de ser vendido nas farmácias para ser vendido nas casas de gêneros alimentícios. Deixava de ser um alimento caro, que só figurava nas mesas dos reis, dos nobres e dos ricos, para ser alimento usado pelos próprios trabalhadores.

Houve dois produtos que concorreram para que o açúcar entrasse nos hábitos do povo: o café e o chocolate.

Naquele tempo o mundo começava a tomar café e chocolate. E

café e chocolate, como vocês sabem, são temperados com açúcar.

O açúcar – vocês que o digam – é realmente delicioso! Quem o prova uma vez sente vontade de usá-lo toda a vida. É alimento da infância – vocês bem sabem como as crianças gostam dele – e é alimento da velhice. Tanto serve aos que têm saúde como aos que estão doentes.

Os europeus acostumaram-se facilmente a comer o açúcar. O que eles queriam era encontrar a mercadoria com abundância e barata. E isso aconteceu logo que o açúcar começou a ser fabricado em São Vicente, na Bahia e em Pernambuco.

D. Sebastião, rei de Portugal, como medida de propaganda, mandava distribuir na Espanha doces fabricados com açúcar brasileiro.

A Holanda e o açúcar brasileiro

Vovô falou:

– Vários motivos levaram a Holanda, no século 17, a querer apoderar-se do Brasil. Mas, talvez, o açúcar tivesse sido o motivo mais importante.

O açúcar era uma riqueza, e a Holanda, que se tornava um dos países de maior comércio da Europa, quis ser senhora do povo que, na época, produzia a maior quantidade de açúcar no mundo.

E não perdeu tempo. Logo que pôde, atirou-se contra a Bahia e, quando se sentiu forte, invadiu Pernambuco e as capitanias da Paraíba, de Sergipe e do Rio Grande do Norte, que eram as terras brasileiras em que havia os melhores e os mais ricos engenhos.

E descascando uma laranja:

– Vocês se lembram de Nassau?

– Eu me lembro! – disse o Neco. – Nassau foi aquele grande homem que governou o Brasil holandês durante vários anos. Foi aquele que construiu palácios no Recife e que governou o povo com liberdade e com justiça.

— Justamente — afirmou o velho. — Pois todo o luxo de Nassau, em Pernambuco, todas as belas obras que ele realizou, tudo foi pago por Sua Excelência, o açúcar.

E, a propósito dos holandeses, quero contar uma história interessante.

Os canaviais de Fernandes Vieira

E depois de mastigar a laranja:
— Como vocês sabem, os brasileiros conseguiram expulsar os holandeses de Pernambuco e das outras capitanias. Conseguiram lutando numa guerra que durou nove anos. Essa guerra foi feita pelos plantadores de cana. Era nos engenhos de açúcar que eles se reuniam para preparar os ataques.

É durante essa guerra que se passa o fato que eu quero narrar a vocês. A luta estava acesa. A sorte começava a ser favorável aos patriotas brasileiros. Já havíamos dado várias surras nos holandeses, já éramos senhores de várias ilhas que eles ocupavam, de várias fortalezas por eles construídas.

Naquele momento era preciso conseguir que eles desanimassem completamente. Como? Mostrando-lhes que, no Brasil, não podiam ter nenhuma vantagem, lucro nenhum.

O interesse maior dos holandeses eram os engenhos, ou melhor, os canaviais que alimentavam os engenhos.

Destruídos os canaviais, os holandeses, não contando mais com o lucro da fabricação do açúcar, desanimariam e, com certeza, abandonariam a guerra.

Foi isso que Teles da Silva, o governador da Bahia, imaginou. Imaginou e mandou ordens para que os patriotas de Pernambuco incendiassem os canaviais.

O chefe dos nossos guerreiros era Fernandes Vieira, dono dos mais vastos canaviais da capitania. Quando Fernandes Vieira recebeu a ordem de Teles da Silva, reuniu os ricos senhores no seu Engenho São João.

"Não se cumpre essa ordem!", bradaram todos. Mas Fernandes Vieira não queria que os seus inimigos dissessem que ele não cumpria a ordem porque era dono de canaviais. Não queria também desgostar os senhores de engenho, seus companheiros de luta, mandando-os destruir as plantações.

– Que fez? – perguntei.

– Mandou incendiar os canaviais. Mas só mandou incendiar os dele, os de sua propriedade.

Vovô calou-se. Depois de uns segundos, disse:

– E com isso perdeu uma verdadeira fortuna.

Fez uma pausa para pôr açúcar na xícara de café e prosseguiu:

– A primeira riqueza que o Brasil apresentou aos europeus que aqui chegavam com a ambição de fazer fortuna foi o pau-brasil, como já contei a vocês. A segunda foi a cana-de-açúcar.

O açúcar produziu uma surpreendente transformação na vida brasileira que começava. Lugares como Olinda, que, alguns anos antes, tinham sido aldeias indígenas, transformaram-se em cidades de luxo. Pobres que aqui tinham chegado sem vintém tornaram-se senhores de palacetes, de vastas terras e de muito dinheiro.

Naqueles primeiros tempos do Brasil, o açúcar era tudo nas capitanias de Pernambuco, da Bahia, de Itamaracá, da Paraíba e do Rio Grande do Norte. Todo mundo negociava em açúcar. Negociava o senhor de engenho, negociavam os fidalgos, negociavam os militares, os funcionários do governo, os próprios governadores, até os sacerdotes, até os padres jesuítas.

O Pedrinho observou:

– Vovô mencionou várias capitanias que fabricavam açúcar e não falou na capitania do Rio de Janeiro. Por quê?

– Porque eu só falei nas capitanias que fabricaram o açúcar no nosso primeiro século. A do estado do Rio, que é um dos nossos maiores produtores de açúcar, não plantou um pé de cana no século em que fomos descobertos. Só no século seguinte, isto é, no século 17, foi que lá começou sua produção.

O Nhonhô perguntou:

– E os engenhos daquele tempo eram todos movidos a água como o primeiro engenho que se ergueu em São Vicente?

– Não – explicou o narrador. Havia os engenhos movidos a água e os engenhos movidos a cavalos ou a bois. Mais tarde, quando se descobriu a máquina a vapor, apareceram os engenhos a vapor.

Quem primeiro empregou a máquina a vapor para moer cana foi Pernambuco, em 1815. Em 1817, já era movido a vapor um engenho da ilha de Itaparica, na Bahia.

O senhor de engenho

Tomando os últimos goles de café, vovô continuou:

– A indústria do açúcar criou no Brasil um tipo curioso: o tipo do senhor de engenho.

Os senhores de engenho eram pessoas poderosas desde os nossos primeiros dias. Tiveram sempre muito dinheiro. Viviam com grandeza, mandando nas terras, nos seus empregados e nos seus escravos.

Um senhor de engenho era quase sempre um tipo áspero, arrogante, vaidoso. Tinha o hábito de mandar e fazia questão de ser obedecido.

Quando saía de suas propriedades para ir à cidade ou à vila próxima, vestia-se como um fidalgo, calçava botas de couro fino, com esporas de prata e montava cavalos quase sempre de alto preço. Nunca andava a pé. Ou a cavalo ou em rede.

A Mariazinha estranhou:

– Em rede?

– Em rede, sim! – afirmou o velho. – A rede era posta ao longo de um bambu comprido. O senhor ia deitado na rede. Cada ponta do bambu firmava-se no ombro de um escravo.

– Que luxo! – disse o Neco.
– E não era só o luxo da rede – acrescentou vovô. – O senhor de engenho, quando ia à cidade ou à vila, fazia-se acompanhar de pajens, como criaturas importantes que eram.

E o que eles gastavam! A maioria usava baixelas de prata nas suas mesas. Alguns tinham baixelas de ouro. As suas mulheres e as suas filhas apresentavam-se carregadas de joias nas festas e nos passeios.

Sua excelência, o açúcar

Levantamo-nos da mesa, e, caminhando ao nosso lado rumo ao belo parque cheio de sombras, vovô afirmou:

– O açúcar, meus meninos, bem merece ser tratado por Excelência.

Foi ele que deu riqueza aos primeiros dias do Brasil.

SOBRE O AUTOR

Viriato Corrêa

Figura de destaque no meio intelectual brasileiro da primeira metade do século 20, o maranhense Manuel Viriato Corrêa Baima do Lago Filho nasceu em Pirapema (MA), em 1884. Ainda adolescente, mudou-se para o Rio de Janeiro, onde morou até sua morte, em 1967.

Formado em Direito pela Faculdade Nacional do Rio de Janeiro, Viriato Corrêa atuou em diferentes campos do saber. Foi jornalista, contista, romancista, cronista do cotidiano, teatrólogo, político e autor de livros para crianças, deixando dezenas de títulos. Foi colunista do *Correio da Manhã* (RJ) e, em 1925, criou no *Jornal do Brasil* (RJ) a coluna "Gaveta de Sapateiro". Em 1941, quando foi fundada *A manhã*, criou a coluna de crítica teatral que manteve durante anos.

Em 1927, elegeu-se deputado federal pelo Maranhão. Com a vitória da Revolução de 1930, foi preso. Quando em liberdade, voltou ao Rio de Janeiro e reiniciou seu trabalho de escritor, jornalista e teatrólogo. Por ser ligado ao teatro, foi também professor de História do Teatro na Escola Dramática do Rio de Janeiro. Em 1938, foi eleito para a Academia Brasileira de Letras.

Ao viver em uma época em que o Naturalismo entrava em declínio, mas ainda impunha diretrizes ao pensamento, e o Regionalismo iniciava seu projeto de descoberta de um Brasil ainda desconhecido, Viriato Corrêa construiu uma obra bastante diversificada, mas sempre no sentido dessa revelação. Estreou como ficcionista em 1903 com os contos de *Minaretes* (1903), mas seu renome só começou com os *Contos do sertão* (1912), em que a busca do nacional foi a tônica dominante. Seguiram-se: *Novelas doidas* (1921) e *Histórias ásperas* (1928).

A preocupação com o nacional repercutiu essencialmente em sua dramaturgia, a partir de 1915, com a peça *Sertaneja*, cujo sucesso foi seguido de dezenas de outras peças. Entre elas destacam-se: *Sol de sertão* (1918), *Juriti* (1919), *Nossa gente* (1924), *Uma noite de baile* (1924), *A marquesa de Santos* (1938), *Pobre diabo (1942)* e *Dinheiro é dinheiro* (1949).

A literatura infantojuvenil

Foi na área da literatura destinada às crianças que Viriato Corrêa alcançou mais duradouro sucesso. A preocupação com as "coisas e gentes brasileiras" e com a formação da conduta "moral e cívica" dos pequenos levou-o a valorizar as leituras exemplares. Nessa linha, escreveu cerca de duas dezenas de títulos, cuja matéria literária oscila entre a livre imaginação criadora, o determinismo que rege os fenômenos da vida e o intuito de descobrir a realidade brasileira.

Estreia, em 1908, com *Era uma vez...*, coletânea de contos folclóricos e maravilhosos, escrita em colaboração com João do Rio. Em sua extensa bibliografia, destacam-se as fábulas folclóricas e os temas históricos, sempre tratados de maneira a divertir, ensinando. Em 1921, publica *Contos da história do Brasil*, seguidos de *Histórias da nossa história* (1921), *A descoberta do Brasil* (1930), *A bandeira das esmeraldas* (1945), *As belas histórias da história do Brasil (1947)* e *Curiosidades da história brasileira para crianças* (1952). Entre as fábulas folclóricas estão: *Varinha de condão* (1928), *Arca de Noé* (1930), *A macacada* (1931), entre outros. Tais livros foram publicados nos anos 1920 e 1930 e tiveram ilustrações de diversos artistas.

Por fim, o grande sucesso de Viriato Corrêa foi, indiscutivelmente, *Cazuza* (1938), um dos *best-sellers* da literatura infantil brasileira.

Fonte: COELHO, Nelly Novaes. *Dicionário crítico da literatura infantil e juvenil brasileira*. 5ª ed. São Paulo: Companhia Editora Nacional, 2006.